U0904268

杜甫集

〔唐〕杜甫 著

张一南 编校

山東文藝出版社

本书底本据浦起龙《读杜心解》（中华书局，1961年版）编选整理

目录

漂泊终老

（五十三至五十九岁）

杜甫小传——诗国的圣人

杜甫是谈论中国诗学绕不开的人物，却又是多少诗学研究者不敢轻易触碰的话题，很多学者会自觉将杜诗留到自己功力最深厚的时候研究。杜甫赢得的诗家的敬畏，是其他任何诗人都比不上的。

杜甫被称为“诗圣”。一个人被称为“圣”，仅仅在某方面做得好是不够的。所谓“圣”，是指周公、孔子这样的人物。他们不仅一举一动都符合儒家的理想，是百代士族的精神偶像，更是制礼作乐的人；他们不仅总结了前代的所有文明成就，更为后世订立了一切规范。杜甫在诗歌史上，正是周公、孔子一样的人物。一方面，他的诗体现了儒家精神，体现了盛唐士族的风度；另一方面，他的诗集汉魏以来诗歌艺术之大成，更为此后的诗歌艺术开启了几乎一切门径。可以说，杜甫以前的一切诗歌现象，到杜甫这里都有了一个新变；杜甫之后的一切诗歌现象，都需要追溯其与杜诗的关系。

杜甫被称为“圣”，并非因为他总是一脸严肃。和之前所有的圣人一样，他是一个比常人更有人情味的人。杜诗就像诗的海洋，里面有各种各样的奇珍异宝，当然也不乏有趣味、有性情的诗。事实上，杜甫比一般诗人高明之处，恰恰在于他更有性情，更能自由地在诗歌中表达自己的主观意志。

一位优秀的诗人，应当是“哀乐过人”的。他之所以悲哀、之所以快乐的原理，跟一般的人情没有不同，只不过，他悲哀和快乐的程度，要远远超过一般人。杜甫作为诗人的天才，恰恰在于他的“哀乐过人”。

在“哀乐过人”的问题上，杜甫与李白难分伯仲。区别在于，李白更倾向于到古代、到天上去发泄现实容纳不了的激情，而杜甫则以非凡的韧性和好奇心，尝试了各种方法，把自己的激情倾注到现实中去。大到家国变乱，小到一草一木，杜甫都用自己的办法，留下了自己情志的烙印。

家世与童年

像杜甫这样的大名人，难免会有很多地方抢着说自己是他的故里。关于杜甫的籍贯，说法真是太多了，有说他是京兆少陵人的，也有说他是襄阳人、是巩县人的。这并不是因为相关的史料缺失，以上几个说法也都互不矛盾，而是因为，杜甫出身于一个高等士族家庭，像这样的家族，即使是在农耕社会，也是会到处迁移的。

杜甫的家族，被称为京兆杜氏，在汉唐之间一直非常显赫。京兆杜氏属于关中士族，所谓“京兆”，就是首都，也就是长安。早在汉代，就有“城南韦杜，去天尺五”的谚语，意思是住在长安城南的韦氏和杜氏，是最显赫的门阀世族，他们离天，也就是离皇家，也只有一尺五的差距。京兆韦氏和京兆杜氏，直到唐代还是显赫的世家，特别是文学世家，出了很多重要的诗人。汉代的这句谚语，放在唐代，至少唐代的文学界，仍然适用。

京兆杜氏聚居的地方，就是长安城郊的少陵，杜甫自称“少陵野老”，就是从这儿来的。这只能说明，杜甫挂着“京兆杜氏”的牌子，是名门之后，不说明他真的在少陵出生和生活。

杜甫最耀眼的祖先，是魏晋名臣杜预。杜预是个文武双全的角色。在军事方面，他战功卓著，有“杜武库”之称；在学术方面，他是《春秋左传》的研究专家。作为杜预的第十三世孙，杜甫将这位远祖树立为偶像，时时称颂。杜甫未必指望自己能获得杜预那样的成就，但这位先祖是他的光荣，为幼年的他指示过最远大的目标。

从杜预到杜甫，世系是基本清楚的。杜预的曾孙杜逊在东晋初年迁居襄阳，他这一支又称为“襄阳杜氏”，杜甫是属于这一支的，这就是“祖籍襄阳”的由来。但此后的“襄阳杜氏”并没有待在襄阳，仍然去了北朝，先后在北周和隋朝做官。从西晋到隋朝，杜甫的列祖列宗一直在做官，有出息的做到刺史，差一点的只做到县令，基本维持着一般士族的水准，既没有上升为权臣，也没有跌出官宦世家的范围。

杜甫的曾祖父杜依艺，也是在这个序列里勉强及格的，在初唐时做到巩县县令。据说，杜甫就是在巩县出生的。不过，杜甫出生的时候，他的父亲已经三十多岁了，不仅杜依艺不在了，连祖父杜审言也去世四年了，杜家并非巩县土著，似乎不太有理由还留在这里。

杜甫的祖父杜审言，从县令之子做到武则天身边的“文章四友”，成了朝廷的硬笔杆子，挂职膳部员外郎，是杜甫家族最近的骄傲。杜审言是一位了不起的诗人，排律和七律的体式都在他手中有了重要的推进。杜审言的个性也很强，即使在同僚面前也显示出一种特殊的骄傲。同样是写应制诗，杜审言总是要带出一点自己的个性来。杜甫没有见过杜审言，但想必从小会诵读杜审言的诗。杜甫继承了杜审言的创作技巧，也继承了他的诗人性情。杜审言是一个比杜预更为切近的偶像，杜甫和他的家族难免暗暗地希望，有一天杜甫也可以做杜审言那样的事。从杜甫自幼表现出的天分来看，这个期望也不算过分。

杜甫的父亲最高做到长安郊县的县令，也完成了一个世族子弟的人生使命，但是在文学方面无所表现，属于那种一生被称为“杜审言的儿子，杜甫的父亲”的人。

杜甫还有一位叔父，在杜审言受陷害下狱时，为父申冤，刺杀父亲的仇人，牺牲了年轻的生命。据说，襄阳杜氏的始祖为兄报仇，也有过类似的行为。由此可见，杜氏一直还有“杜武库”尚武的遗风，重情重义，勇于牺牲，并非一般的文弱书生。

杜甫的母族也很强大。他的生母出身于清河崔氏，在唐代被认为是最好的门第。他的继母出身于范阳卢氏，与崔氏同属“山东五姓”之一。这至少说明，杜甫的父亲，也是可以不断被山东高门相中的女婿。

近古有人诋毁杜甫的生母是名为“海棠”的小妾，这未免太不了解唐代的门第观念和杜甫外祖家的世系了。崔氏在唐代出了很多著名人物，杜审言的同事崔融，就出身于清河崔氏，不知与杜甫的外祖有无关系。今天可以知道的是，杜甫的外祖父和曾外祖父，都是李唐宗室的女婿，即使考虑到武则天时代李氏受到打击，也足以说明这个家族的地位了。杜甫在成年后，还与崔氏舅父、表兄弟经常往来。唐代山东士族是古体诗创作的重要力量，杜审言专工近体诗，杜甫在古体诗方面取得这样的成就，恐怕并非得力于杜氏，而是与母系亲友的影响分不开的。

杜甫幼年丧母，从小被送到洛阳城中的姑母家抚养。姑母照顾杜甫十分尽心。有一次，洛阳城中闹瘟疫，杜甫和姑母家的表弟都感染了，杜甫痊愈了，表弟却夭折了。这虽然不能说明姑母在杜甫和亲生儿子之间偏向了杜甫，但至少说明杜甫在姑母家得到了充分的照顾。对于这样的姑母，杜甫必然怀有感激和愧疚。在亲情的温暖和内心的愧疚中长大的孩子，会比同龄人更早熟、更敏感，更关注周围人的想法。杜甫诗中表现出的敏感与仁爱，表现出的对他人乃至对自然物出色的共情能力，或许与这样的童年经历有关。

无论杜甫生在哪里，他都是在洛阳长大的。洛阳是与长安并立的大都市，从文化上讲，长安是关中文化的核心，洛阳则从汉代以来就一直倾向于山东文化。北朝时代，洛阳也一直属于东魏和北齐的版图。杜甫在洛阳长大，也就带上了与关中不同的文化基因。

十四五岁的时候，杜甫就不再跟同龄人玩了，开始出现在洛阳文化名人的社交圈子中，与那些年龄是他几倍的长辈交往。这成为杜甫早年生活中一段得意的经历，也是家世与天赋都好的孩子的典型经历。

杜甫出身高贵门第，在洛阳城里度过了优裕幸福的童年。他生长在唐王朝走向富强的时代，天资聪颖，受到良好的教育，国与家都对他这样的人寄予了无限的期望。他准备迎接的，是一个繁华的大唐盛世，这个盛世需要很多他这样的清流文臣为之效力。谁又能知道，这一代人后来的经历，完全跟预想中的不一样呢？

壮游山东

有些诗人，是以少年人的面目出现在诗坛上的，比如李贺。像杜甫这样的诗人，则是以中老年人的面目示人的。李贺展现的是一个典型的士族诗人在少年时的创作状态，杜甫展现的则是中年以后的创作状态。杜甫三十五岁以前的诗作，保留下来的很少。古代士人到了三十五岁，大多已过完了一生中春风得意的时光。如果李贺活得长一些，未必不会写出杜甫的风格；杜甫早年的诗如果多留下来一些，未必不会显现出李贺的风格。诗人留给我们的印象，有时候也会与非文学的因素有关。

古人的传统是三十岁开始游历，四十岁开始做官，更早的时间要用来学习。但是杜甫二十来岁的时候就到南方去游历了。杜甫家境殷实，旅费并不成为问题。在南方，不仅有唐代诗人向往的南朝遗迹，也有杜家的一些做官的亲戚，杜甫大约也是顺路去拜访他们。二十四岁的时候，杜甫回到洛阳，参加进士考试，但没有考中。这不算什么，他这个年纪做进士还是小了点，看起来，他以后还有大把的机会。所以他很快心无芥蒂地开始了第二次游历，这次的目标是齐国和赵国的故地，也就是今天山东、河北一带，这是唐代山东文化的核心区域。杜甫的父亲此时也在这个地区做官，在兖州做司马，杜甫此行也是去探望父亲。

在兖州，杜甫写下了《登兖州城楼》。这首诗写得中规中矩，表现出良好的诗学素养。杜审言的孙子，小时候在近体诗上是下了功夫的。

三十岁的时候，杜甫回到洛阳，在洛阳东边的首阳山安了家，他的庄园离宋之问的旧庄园不远。杜甫不时前往洛阳城，或探访附近的好友。他自称“野人”，说自己是“客东都”，其实，洛阳就是他长大的地方，也是他安居的地方，他这么说，只是为了表现自己与洛阳权贵的疏离而已。

三十三岁的时候，杜甫在洛阳遇见了李白。此时，李白已经达到了人生巅峰，开始走下坡路了，他留恋的那个时代即将消逝；而杜甫还在上升期，他开创的那个时代即将到来。中国诗史上的太阳和月亮，就在这一时刻相遇了。

李白年长杜甫十一岁，算是杜甫老师辈的人。此时的李白，简直处处都值得杜甫崇拜。从文学上自不必说，真正懂诗的人，可以从李白的诗里读出世人读不出的好处，读出前代没有的好处，杜甫会是李白极少遇到的真知己；在世俗角度，李白娶过宰相的女儿，在皇帝身边做过翰林，在江湖上更是不乏拥趸，是个有富贵气的人；更重要的是，李白经历过种种杜甫没有经历过的生活，带着一身神秘的气质出现在杜甫面前。他的诗，他的见闻，他的思想观念，都令年轻的杜甫感到新鲜。杜甫可能会感到，李白说的、做的、写的，跟他从小在书上读到的、在长辈那里听到的，都有很大的抵悟。但是，如此光鲜炫目的一个李白，一定不会是错的，所以，他就更值得崇拜了。

在与李白交往的日子里，杜甫努力地向李白靠拢。他尽量地写古体诗，尽量地学习六朝，诗艺大有长进。他甚至还努力地学习道教文化，试着在投赠给李白的诗中使用道教语汇，这在他一生中是绝无仅有的。

杜甫一生为李白写了十几首诗，其中不乏情感充沛的名作，而李白给杜甫的诗只有寥寥几首，看上去也很应付。这并不是因为李白看不起杜甫。李白与杜甫在年辈上并不相当，李白是长辈，晚辈给长辈投诗，长辈并不需要回复。何况，此时李白已经是成名诗人，是有偶像包袱的，面对这样一位才华横溢的后辈，难免会感到压力。在艺术上，回诗因为是被动的，往往是吃亏的，杜甫在李白面前拿出了自己的最高水平，如果李白勉强回诗而相形见绌，也是不大好看的。所以，还不如端起长辈的架子，索性不再回诗。

其实，在李白眼中，杜甫一定也是有魅力的。他出身世家，学识渊博，同样知道很多李白不知道的事。他温文有礼的外表下，藏着一颗骄傲狂放的诗人的心，必定是能为李白这样真正的诗人所欣赏的。他那仿佛直接从魏晋传承下来的士族风度，正是出身平凡却迷恋六朝的李白毕生追求的。

在彼此身上，李白和杜甫都看到了自己的人生理想，看到了另一个自己。

李白和杜甫相约，连同高适一起，到山东地区游历。在山东，三位诗人度过了一段狂歌痛饮、开怀畅谈的快乐时光。在复古运动的大本营，三位为古体诗做出杰出贡献的诗人，登山临水，切磋诗艺，古体诗创作都有了很大提升。

与李白的交往，对杜甫的影响可能是巨大的。这是他第一次有机会长时间地与顶尖的诗人谈论诗艺、交流思想。李白身上，有他此前三十年缺乏的东西，李白给了他的世界一次剧烈的碰撞。在以后的人生中，他不断地追忆李白、学习李白，也逐渐地反思李白。李白的诗学追求和人生追求其实与杜甫并不完全相同，但杜甫终身都不曾抛弃李白，一直在努力以自己的方式理解着李白、诠释着李白。

在与李白相遇后，杜甫传世的作品才多了起来，成为文学史上的杜甫。结识李白，让杜甫发现了作为诗人的自己。

蹉跎长安

山东之行结束后，三十五岁的杜甫去了长安，寻求功名。

这一去，就是十年蹉跎。

卑微的身份，艰难的干谒，让骄傲的他感到无法承受的屈辱和痛苦。在长安怀念李白，成为他精神的避风港。

三十六岁的杜甫再次参加进士考试，仍然没有及第。事实上，这是一场没有一个人及第的考试。主考官李林甫解释说，这是因为“野无遗贤”，该考上的人之前都考上了。朝廷的风气发生了微妙的变化，士子的进身之路变窄了。

不过，唐代毕竟是唐代，还是有科举以外的路可以走的。杜甫四十岁那年，玄宗举行祭祀天地的盛大仪式，杜甫趁机献上了三篇大赋。玄宗读后，十分赞赏，命宰相亲自考他。杜甫一时名动长安，集贤院的学士们都跑来围观他的考试。这倒很像汉魏六朝的做法：文士作赋，直接得到皇帝的赞赏，不经过科举，就成为著名的文士。这个模式其实颇符合李白的理想，想必李白听说杜甫老弟获得了这种司马相如式的殊荣，也会羡慕和替他高兴吧。

可惜，毕竟已经是唐代了，皇帝欣赏的人也是要去考试的。考试之后，仍然没人同意授予杜甫官职，这件事也就不了了之了。

古代诗人到三十五岁以后，往往会进入“中年危机”。他们原本都是最被帝国寄予期望的少年，到了这个年纪，开始受到各种贬谪、打压，蓦然发现自己远远没有获得预想中的地位，要面对从天才到普通人的落差了，他们的文风往往在这个时候要经历一个转折。而杜甫没有这个转折，因为他的文学生命几乎是从这个时候开始的。更惨的是，在这个年纪，杜甫不是被贬谪，而是根本没有做上官。杜审言的孙子，被李邕、王翰看重，以为要成为新一代国朝大手笔的杜甫，年近四旬竟连个工作都没有。他此时也会觉得自己不成器，愧对祖先的吧。

在蹉跎长安的日子里，杜甫与高适、岑参等诗人往来，继续按照他理解的李白的路子写诗，不知不觉却已写出了自己的风格。同时，出入权门、陪奉游宴的生活，日益使他厌烦。

在这段日子里，杜甫娶妻生子。他的妻子出身弘农杨氏，也是高门大族的闺秀，知书达礼，结婚后担负起了照顾家庭和孩子的责任。杜甫经常满怀爱意地在诗中提起她，她也是杜甫一生中的一位良友。

此时，安史之乱已经迫近了，大唐在一片繁华之下呈现出种种衰颓的迹象。杜甫敏感地捕捉到了这些迹象，当别人都在为盛唐唱颂歌的时候，他已经开始唱反调了。他在规劝大唐：不要这么穷兵黩武了，对面也是人，打仗的时候差不多就行了。他在提醒大唐：连年的辉煌战绩，都是由普通百姓的血泪滋养的；军户一生都在打仗，早就不愿意从军了，出征的时候都会全家痛哭的；基层的经济早就被掏空了，滋养了华夏文明的“山东二百州”，已经是田野荒芜，只能靠女人耕种了。他甚至会在高高兴兴地登临名胜时，突然产生“秦山忽破碎”的不祥预感。这些真实地反映了安史之乱症结的诗作，都作于安史之乱发生之前，足见杜甫的远见卓识。

在安史之乱爆发前夕，四十四岁的杜甫终于排到了一个做官的机会。职位是右卫率府胄曹参军，从八品下，比进士出身的起家官稍微高一点点，工作内容是看管兵甲，是个没什么滋味的“弼马温”。他同时还有另一个选择，就是像大多数刚中进士的人一样去做县尉，也就是见习县令。杜甫权衡了一下，自己一把年纪了，不好像年轻人一样到县里去受气，所以还是接受了这个闲职。看起来，他这辈子做到五品官是不大有希望了，他想，这么混两天，就回家去休息吧。

这时候，唐朝连年遭灾，统治者懒于政事，赈济不力，竟然在一个物力强盛的时代，让百姓陷入生存绝境，出现了“朱门酒肉臭，路有冻死骨”的局面。杜甫安置在奉先的家小，也缺吃少喝，杜甫的小儿子，竟然病饿而死。杜甫家是特权阶层，不纳税不服役，家产颇丰，杜甫也已经吃到了官俸，他家尚且如此，穷人的生活可想而知。为人称道的盛唐，竟然饿死了杜审言的曾孙、八品官的儿子，这令人难以相信，更令人愤怒。杜甫说自己愧为人父，其实也是在控诉这荒谬的世道。

为杜甫所信任的大唐盛世，就这样衰落了。

安史之乱

杜甫四十五岁那年，突如其来的安史之乱击碎了盛唐的富足与优雅。

唐玄宗丢下了长安子民，仓皇出逃；金枝玉叶的王孙，站在街头把自己卖为奴隶；生长于和平年代的好人家的孩子，成批地在战场上送命。过惯了好日子的长安人，也不得不开始学习在战争状态下生存了。

杜甫从未放弃过逃离。长安陷落不久，他就带着家小逃跑，但很快被抓回长安，他的妻儿则滞留鄜州，投靠亲友。杜甫在亲人四散、各自生死未卜的煎熬中，写下了《月夜》《春望》等名篇。一直遵循儒家价值观、看重家庭的他，此时格外感到亲情的可贵。作为基层官员，杜甫没有太引起叛军的注意，尚有一定的活动自由。他独自在曲江边漫步，望着眼前萧瑟的景象，回想着不久之前的繁华，心中感慨万千。文明的摧毁，实在用不了多少时间。

第二年，杜甫终于成功地逃亡，一直跑到了凤翔，找到了安置在那里的小朝廷。此时，唐玄宗已经传位给儿子唐肃宗了。小朝廷给杜甫升了官，让他做了从八品上的拾遗，这终于是一个典型的清流官了。不久，杜甫回到鄜州的羌村，与经历了生死考验的妻儿团聚。之后，唐军收复了长安，杜甫也带着家小追随朝廷回去了，到长安做起了京官。他在安史之乱中的苦难，可以说是告一段落了。

杜甫在安史之乱中真正陷落敌占区的时间并没有想象中的那么长，写的诗并没有想象中的那么多，甚至遭受的苦难也没有想象中的那么严重，但这段时间，他确实密集地产出了精品诗作。这些诗作准确地反映了文明被战争摧毁的景象，作者和他写到的每一个人物，都在困苦的生活和巨大的精神压力下，努力地保持着精神的高贵和对未来的希望。经典的文学往往表现苦难，但其中真正打动人心的并非苦难本身，而是人类在身陷苦难时仍然保持的高贵精神。杜甫在安史之乱期间的诗就是很好的例证。

回到长安后，杜甫怀着复杂的心情，送别了因在安史之乱中有“变节”嫌疑而被贬黜的友人，开始认认真真地做他的拾遗。

拾遗是一个很体面的职位，是标准清流路径的一个环节，可以监督朝臣行政，可以有机会跟皇帝亲近。出任拾遗，是杜甫履历上很光彩的一页，他因此被人尊称为“杜拾遗”。杜甫本人也非常看重这个职位。从某个角度看，杜甫终于离成为下一个杜审言的目标近了一步。

但是，拾遗的官品还是不高，这个职位一般用来授予有希望的年轻人，让他们见习一下政事。唐代比较有名的诗人，一般是三十来岁当上拾遗的。杜甫四十六岁才当上拾遗，就有些尴尬了。皇帝看见了他，把他拉到了清流的正路上来，却还暂时不肯提高他的官品。拾遗的工作性质是值得骄傲的，但这个职位相对他的年龄来说是太低了。所以杜甫自己也感到有些荒诞，写下了“腐儒衰晚谬通籍”的诗句。“通籍”还是好事，只可惜自己已经“衰晚”了，所以就显得有些“谬”了。

尽管有些荒谬，杜甫工作还是很用心的，高高兴兴地写下了很多诗，描述自己工作中的所见所感。这大概是我们最后一次见到唐人这么认真地描写在皇帝身边做官的体验。初唐以来，杜审言等人积累下的写作应制诗的经验，在杜甫手中得到了一个集中的展示。杜甫还加进了很多古体歌行的写法，加进了个人非常独特的感受。毕竟，他已经是一个认真学过写古体诗的盛唐人了。

拾遗这个职位是做不久的。运气好的话，凭借皇帝的宠信，年纪已经不轻的杜甫，很快就能顺着清流之路一直迁转上去，做到他祖父那样的职位。但杜甫是属于运气不好的那一种。一直提携他的房琯、严武，在朝中受到排挤和贬黜。杜甫也受到牵连，一时半会儿很难受到重用了，于是被外放到地方上去，到华州出任正八品下的司功参军，掌管州中的文化事业。杜甫的那些大官朋友，外放还能当个刺史什么的，而杜甫原来的官品太低，就只能做这样的工作了。

杜甫没想到，他这一去，就再也没有返回长安。

在赴华州参军任的路上，杜甫见识到了真实的人间苦难。安史之乱的战火还没有平息，朝廷还在不断征兵送往前线。说起来，国难当头，保家卫国是应该的事。何况唐朝还有军户，他们原本就世世代代负有从军的义务，为此还享受过赋税方面的优待。但是，安史之乱前唐王朝的穷兵黩武，已经造成了“千村万落生荆杞”的局面，再加上安史之乱的战事太惨烈了，那些原本富庶的地区已经实在拿不出人力物力了，保家卫国的责任此时落在每个家庭、每个个人的头上，都成了无法承受的灭顶之灾。这个时候，基层胥吏也难免会表现得粗暴、苛刻，让保家卫国失去了原有的尊荣。像杜甫这样的官员，如果稍微不够敏感，就很容易被正确的大道理迷惑，看不见个体生命的真实苦难。而杜甫作为一位真正的诗人，凭借卓越的感受力，为我们留下了“三吏”“三别”这样的千古名篇。透过观念，看到真实，这是现实主义的伟大之处。杜甫的这部分作品，是诗人的特长与时代的结合，也是一个时代里诗人应该在的位置。

流离陇蜀

在华州参军任上，杜甫过得并不开心，繁琐而无谓的工作令他十分烦躁。四十八岁的时候，他辞职了。大概是迫于经济的压力，他拖家带口搬到了秦州，很快又搬到了秦州附近的同谷。

在同谷的时候，杜甫过得很穷。战争期间物资紧缺，有钱也未必能买到吃的。杜甫全家竟然到了忍饥挨饿、到山里去挖野菜的份儿上。因此，杜甫决定索性搬到成都去，那里是“天府之国”，土地肥沃，远离战乱，在当时是比较好过的地方。

从同谷去成都的路并不好走。身为蜀人的李白，就告诫过大家，“蜀道之难难于上青天”。杜甫这一路走得非常辛苦，生长在东部平原城市的他，从来没有见过这么险峻的道路。杜甫笔下的蜀道，少了一分李白式的浪漫，多了一分令人心悸的质感。走过了蜀道，杜甫的诗风又有了一次变化，变得更为新奇，更追求还原现实中的物象。

到了成都，杜甫在浣花溪边安顿下来，搭建了一间草堂。他去跟东家借一棵树，西家借一株花，来装饰自己的庭院，同时也是跟邻居们打个招呼，“我搬到这里了”，这是老式中国人一直会讲的一点人情。在杜甫的诗里，我们经常能看到这种很真实的人情。这种人情，是此前的诗人很少写的，是杜甫发现了人情中的诗意，把日常生活写入了诗篇。

杜甫的这个草堂，在文学史上拥有特殊的地位，成了杜甫的一种象征。杜甫在这里告诉后来的诗人，在平稳而有遗憾的日子里，应该怎么写诗。

杜甫在草堂的日子，是比较安宁的。虽然物质上比较清贫，但总算暂时安顿下来了。杜甫昔日的好友严武，随后也来到成都，凭借较高的官阶，给了杜甫很多照顾。这让杜甫有机会写写田园中的闲适生活。

中国的士人写田园，心底是有一个陶渊明的影子的。陶渊明在乱世中，无法实现自己的理想，就索性辞去官职，闲居家中，写写耕作的日常，写写农家会有的物和事，也写写远处的山影和飞鸟，写写老婆孩子的趣事。他写这些，字面上可能是有趣的，背后却永远有一个悲哀的阴影，那是他的寂寞，是生命流逝的寂寞，是时事的纷乱与官场的荒谬。陶渊明终结了西晋以来田园诗赋“炫富”的无聊传统，给田园诗赋予了严肃的内涵。他也告诉后来的士人，如果整个世界都与你作对，你还可以选择归隐田园，可以用这样的笔调，写些这样的事情。杜甫在草堂写的诗，很多地方也有与陶渊明田园诗一样的意味。

杜甫在草堂，会写到黄鹂翠柳的温暖图画，会写到细麦轻花的农家景象，会写到自己和妻儿安闲的生活，也会写到友人到访的情趣。这一切仿佛都笼罩着一种莫名的忧伤，而这忧伤又总是凝结为宁静的画面。有时候，他也会用略带调侃的笔调，写自己屋顶的茅草被风吹走的“奇遇”，生动的描写，出于杜甫作为现实主义诗人的老辣笔触，告诉我们，人们仍然过得不好，即使是在远离战火的浣花溪边，即使是住着村里最好房子的人家，也仍然活得如此局促、尴尬、朝不保夕。在盛唐被击碎之后，杜甫算是士人中过得比较差的，但肯定不是最差的，过得像他一样，或者过得不如他的“寒士”，是大有人在的。这么一想，杜甫就把自己身上的烦恼，放大为无数人的烦恼，无数人的烦恼叠加在一起，远远超过了他一个人受冻受辱的痛苦。杜甫惯于站在自己的身外替他人着想，这种习惯让他成为伟大的诗人，也难免让他背负了所有人的痛苦。

从安史之乱开始，特别是从华州赴任开始，杜甫逐渐放弃了从形式上靠近李白，其作为现实主义诗人的个性日益显豁。卜居成都后，杜甫的现实主义倾向越发觉醒，一种贴近日常生活的新写法被开创出来。杜甫将李白作为一个永远不能割舍的偶像放在心底，毅然开辟了一条属于自己的路。

漂泊终老

杜甫五十三岁的时候，他的老友严武举荐他做了检校工部员外郎。这是个从六品上的官，是杜甫一生做的品级最高的官，他因此又被人们称为“杜工部”。如果机械地按品级计算，他已经勉强完成了一个世家子弟在仕途上的使命，甚至看起来赶上他祖父当年那个“膳部员外郎”了。

只不过，这个头衔看起来寒酸了一点。这个职位并非清流官，而只是挂靠在六部之下，而且还是六部中排名最末的工部，而且还是“员外郎”，是编外候补人员。光看名字，这也是同等官职里边缘的边缘了。更重要的是，杜甫并不是真的在朝廷中的工部供职，这个头衔反映的不是他的实际工作，而只是给他发放俸禄的标准。说白了，这只是一个工资级别。他的真正工作，是在严武的幕府里，给他做参谋顾问。这个参谋顾问的工资，是严武跟朝廷要的，要求按照“工部员外郎”的标准发放。

从实际工作的风光程度来看，此时的杜甫不仅远远无法与当年的杜审言相比，甚至也不能与他自己出任八品拾遗的时候相比。杜甫实际上早已被官僚系统抛弃，只能说明在严武眼里，像杜甫这么一个人，这样的才华，加上这样一把年纪，总得有个“员外郎”的待遇才说得过去。这样的官职，是并不被士人看重的，最多算是杜甫晚年得到的一个安慰奖。

在严武的幕府里，杜甫也觉得很不适应，时时写些抱怨的诗。他自幼就在准备做清流官，一生自在惯了，并没想到老了老了，还要接受节度使署中的半军事化管理。

第二年，严武去世了，杜甫失去了依靠，只好重新开始流浪，寻找新的主顾。他坐上船，往夔州去了。

在船上，杜甫半夜睡不着，走上甲板，听见微风吹过岸上的细草，看见星星落入原野的辽阔，月光涌入江水的奔流。他想起，郑虔、房琯不在了，高适、李白不在了，严武也不在了，他已经成了一个独活于世的老人了。即使有还活着的亲友，也写不来一个字的信，他所拥有的，不过是上了年纪的病弱躯体，不过是这一叶孤舟。他不禁又想起了在洛阳城中读书玩耍、与前辈名宿谈诗论道的日子，谁想到，那样一个受尽命运荣宠的少年，四十年后竟落到这步田地呢?

不过，谁规定了，这位少年不能落到这步田地呢?谁规定了，文章好的人，就应该受到天下人的敬仰和供奉呢?哦对，好像小时候，身边的人都是这样说的。在此之前，几百年来的人们也都是这样说的。但是，都这样说，就对吗？现在想想，这个道理是多么虚无，多么荒谬啊！凭什么你文章写得好，别人就该宠着你呢？世人本来就应该嫌弃百无一用的你啊。更何况，你老了，病了，确实不应该再做官了。你就像眼前飞过的那只沙鸥一样，生在天地间，那样自由，却也那样无用。

不过，杜甫并非真的懊悔成为一个文人，他心底仍然觉得，做一个文人是好的。只不过，这句话从天经地义，已经坍缩成了一个没有什么现实支撑的顽固的信仰。

杜甫到了夔州，过了一段艰苦的日子。他甚至学着山民的样子，在不能打井的山里寻找水源。这段日子倒也让他见识到了夔州山中的风土人情，他用诗记录下了这些新鲜的见闻，同时又给后世的诗人做了一个示范：如果你到了偏远的地方，过着艰苦的生活，要记得用诗把你看到的新鲜事记下来。

在夔州，杜甫写成了他生命中最后的杰作，《秋兴八首》和《咏怀古迹五首》。

《秋兴八首》是咏怀诗。咏怀诗的传统，可以追溯到阮籍，当时是用五言古体写的。一个人在深夜面对自己的时候，会想起过去的很多事，会有很多的话要对自己说，有些话说得很好，让你想把它写下来，但是你并不想给人看，这种感觉，就是咏怀诗的感觉。每个普通人都会有这个时候，何况是写了一辈子诗的文人，何况是经历了很多大事的乱世文人。因为并不想给人看，所以会写得不好懂，而这不好懂的地方，恰恰是诗的魅力所在。杜甫的《秋兴八首》，也应该当阮籍的咏怀诗来看。阮籍的咏怀诗凝结了他一生的悲哀感慨，杜甫的《秋兴八首》也凝结了他一生的悲哀慷慨；阮籍是在回顾乱世中的人生，杜甫也是在回顾乱世中的人生；阮籍的咏怀诗不好懂，杜甫的《秋兴八首》也不好懂。唯一的不同是，杜甫这次写的不是五古，而是七律。七律这种诗体，原本是近体诗文化最精致的结晶，此时却被杜甫拿来，写最该用五言古诗写的内容。这说明，杜甫对七律写作技巧的掌握已经到了出神入化的程度，也说明，七律的功能已经被杜甫拓展到了极致。

咏怀诗是不给人看的，所以是散漫的。咏怀的组诗一定会有结构、会有呼应，因为所有的作品都是出自同一位诗人，这位诗人有着高昂的主体精神，他的每一首诗都是有为而作，都灌注着他的灵魂，组诗共享着他的同一种心境，互相之间就会有自然而不拘一格的联系。这种结构不是死板的，更不是精心设计出来给人看的。

《秋兴八首》因为是经典的组诗，所以引起了后世诗家的很大兴趣。很多人都在试着诠释它，甚至步着它的韵脚仿写它，这成为中国文学史上的一个现象。有些解读难免求之过深，沦为文字游戏，严重偏离了杜甫的本意。庸俗化的阐释，似乎也是经典无法逃避的宿命。

《咏怀古迹五首》是怀古诗。怀古诗是从游览诗的母体中孕育出来的。游览诗是中古诗歌的重要题材，如果你到一个地方游览，这个地方有一点历史文化传统，那么你站在这里就不仅是看风景，也会想起曾经到过这里的古人，那么游览诗就变成了怀古诗。

一般来说，怀古诗是有两个元素的，要写山水风景，也要咏史。杜甫的《咏怀古迹五首》有点不一样，山水的因素很淡，而咏史的倾向很强。他在咏史中，又寄寓了强烈的身世之感，写每一个历史人物，都是在写自己，所以，又几乎是在咏怀了。《咏怀古迹五首》的写法，其实就是有触发条件的咏怀。《咏怀古迹五首》也是后人经常学习的组诗。

夔州的生活环境恶劣，杜甫在五十七岁的时候终于决定离开了。他先是东出三峡，到荆州去投奔弟弟。之后又一路坐着船，流离经过公安、岳州、衡州、潭州等地。一直到去世，他几乎都住在船上，连个可以登岸长期居住的地方都没有了。最后，杜甫决定到郴州去投奔他的崔氏舅父。

杜甫坐船经过耒阳县的时候，县令招待了他一顿酒肉。之后，杜甫坐船离开，遇到了大风浪，音信全无。县令以为他淹死了，还在县里给他建了衣冠冢。于是，杜甫死在耒阳县的说法就流传开来，还以讹传讹，说成了杜甫是在吃了酒肉之后病死的。后世一些不喜欢杜甫的人，还拿这个故事来嘲笑杜甫。

事实上，杜甫在离开耒阳县后并没有死，还在继续写诗。他写自己生病躺在舟中，漂泊在湘江上。大概写过这首诗后不久，他就病逝了。他最初葬在岳州，后来被子孙迁回了首阳山，葬在杜审言的旁边。

正如李白诠释了中国式的浪漫主义，杜甫代表了中国式的现实主义。在李白将想象的世界推向极致之后，杜甫发现了现实。作为诗人，杜甫一直在背叛一切响亮的口号，一切美丽的套语，直面现实本来的样子，钻研现实的每一寸纹理。

杜甫之所以是最伟大的诗人，是因为他有着极为强大的自我。他用这个强大的自我，去爱一切值得爱的人，也尽情地表达着自己的不满和愤怒；他用这个强大的自我，寻找着属于自己的表达，为每一个文体寻找着新的可能性。李白的一生都在回望过去的那个完美的世界，杜甫的一生则一直在探索，探索他不知道会是什么样子的新的世界。他在他走过的每一个路口都留下了记号，这些记号都成为后人探索的新起点。杜甫以他令人惊叹的表现，为即将到来的下一个时代拉开了序幕。

壮游山东

（三十五岁以前）

结识李白，让杜甫发现了作为诗人的自己

望岳

这是杜甫少年游历山东时所作，下字富于力量感，颇见少年锐气。

此诗押仄声韵，并不是一首五律，但继承了齐梁以来讲究声律、对仗的传统，在讲究声律的基础上对诗歌声情做更深入的探索，这是盛唐以后诗人探索诗歌新形式的途径之一。

岱宗[1]夫如何，齐鲁青未了。
造化钟神秀，阴阳割昏晓。
荡胸[2]生层云，决眦[3]入归鸟。
会当凌绝顶，一览众山小。

---

1. 岱宗：泰山。
2. 荡胸：心胸动摇。
3. 眦：眼角。

登兖州城楼

杜甫受到了非常良好的诗学教育，他的少作，已经达到了盛唐的一流水平。这首诗的章法很规矩，是登临诗的标准写法。杜甫的千变万化，都是建立在熟悉诗歌规则的基础上的。

东郡[1]趋庭日，南楼纵目初。

浮云连海岳，平野入青徐[2]。

孤嶂秦碑在，荒城鲁殿[3]余。

从来多古意，临眺独踌躇。

---

1. 东郡：即兖州，位于山东省西南。
2. 青徐：指青州、徐州。
3. 鲁殿：即鲁灵光殿，汉代的著名建筑物，鲁恭王刘余所建，汉末损毁。

题张氏隐居二首 其一

七律在当时还是较年轻的文体，在杜甫手中迎来了巨大的新变。早在少年时，杜甫已经尝试用七律来承担传统上由五言诗承担的功能了，这里是用七律写了一位隐士。

春山无伴独相求，伐木丁丁（zhēng）[1]山更幽。
涧道余寒历冰雪，石门斜日到林丘。
不贪夜识金银气，远害朝看麋鹿游。
乘兴杳然迷出处（chǔ）[2]，对君疑是泛虚舟。

---

1. 丁丁：形容伐木声。
2. 出处：指出仕和隐退。

对雨书怀走邀许簿公

每一联都有其新巧之处。

东岳云峰起，溶溶[1]满太虚[2]。
震雷翻幕燕，骤雨落河鱼。
座对贤人酒，门听长者车。
相邀愧泥泞，骑马到阶除[3]。

---

1. 溶溶：云很多的样子。
2. 太虚：天空。
3. 阶除：台阶。

巳上人茅斋

写隐士居处，颈联竟出现了艳丽的比喻，因而成为名句。

巳公茅屋下，可以赋新诗。
枕簟[1]入林僻，茶瓜留客迟。
江莲摇白羽，天棘[2]蔓青丝。
空忝许询[3]辈，难酬支遁[4]词。

1. 簟：竹席。
2. 天棘：天门冬，多年生蔓草。
3. 许询：字玄度，东晋征士。
4. 支遁：字道林，东晋高僧，世称“支公”或“林公”。

房兵曹胡马

杜诗以议论见长，其长处不在于有议论，而在于议论得好。“所向”二句，是咏战马的佳句。

齐梁以来的马诗多以客观描摹为主，这里引入议论，便觉新鲜。更何况，这还是写画中的马。连画中的马，都要重神不重形，可见盛唐士族诗人对精神气质的看重。

胡马大宛[1]名，锋棱瘦骨成。

竹批[2]双耳峻[3]，风入四蹄轻。

所向无空阔[4]，真堪托死生。

骁腾[5]有如此，万里可横行。

---

1. 大宛：汉代西域古国，在今乌兹别克斯坦境内。
2. 批：削。
3. 峻：尖锐。
4. 无空阔：不知有空阔，形容马善跑。
5. 骁腾：形容骏马奔驰飞腾。

画鹰

写画中之鹰，相对偏重客观描写，但仍是侧重动态的描写。

素练风霜起，苍鹰画作殊。

sǒng
扨[1]身思狡兔，侧目似愁胡。

zhāi
绦旋[2]光堪擿[3]，轩楹[4]势可呼。

何当击凡鸟，毛血洒平芜。

---

1. 扨：挺立。
2. 绦旋：鹰系和条环。
3. 擿：同“摘”。
4. 轩楹：堂前廊柱，这里指画鹰的地方。

游龙门奉先寺

对六朝山水诗传统的继承，形式上使用齐梁格诗，形象、意境清冷奇僻。

已从招提[1]游，更宿招提境。
阴壑生虚籁，月林散清影。
天阙象纬逼，[2]云卧衣裳冷。
欲觉闻晨钟，令人发深省。

1. 招提：四方僧。
2. “天阙”句：指寺庙高峻直逼天上宫阙和星象经纬。

夜宴左氏庄

对六朝宴会诗传统的继承，于清幽纯净中透出丰腴艳丽。

风林纤月[1]落，衣露净琴张。
暗水流花径，春星带草堂。
检书烧烛短，看剑引杯[2]长。
诗罢闻吴咏[3]，扁舟意不忘。

---

1. 纤月：初生的月亮。
2. 引杯：指举杯喝酒。
3. 吴咏：吴中民歌一类作品。

赠李白

在洛阳初见李白。

二年客东都[1]，所历厌机巧。
野人[2]对膻腥，蔬食常不饱。
岂无青精饭[3]，使我颜色好。
苦乏大药[4]资，山林迹如扫。
李侯金闺彦[5]，脱身事幽讨[6]。
亦有梁宋游，方期拾瑶草。

---

1. 东都：即洛阳，为唐代陪都。
2. 野人：杜甫自称，和达官贵人相对。
3. 青精饭：用草药汁液浸米蒸出的青碧色饭。
4. 大药：珍贵的药，这里指道家仙丹。
5. 金闺彦：朝廷中有杰出才能的人。
6. 幽讨：穷讨幽隐，探索隐藏的事实。

陪李北海[1]宴历下亭

陪侍贵人游宴，有意学大谢。
“修竹不受暑”为六朝人所不能道，开中晚唐法门。

东藩[2]驻皂盖[3]，北渚[4]（zhǔ）凌青河。
海右此亭古，济南名士多。
云山已发兴，玉佩仍当歌。
修竹不受暑，交流空涌波。
蕴真[5]惬所遇，落日将如何。
贵贱俱物役，从公难重过。

---

1. 李北海：即李邕，时为北海郡太守。
2. 东藩：指李邕。藩，屏障。
3. 皂盖：黑色车盖，古代官员用。
4. 渚：水中小块陆地。
5. 蕴真：指山水中蕴含的真趣。谢灵运《登江中孤屿诗》：“表灵物莫赏，蕴真谁为传。”

与李十二白同寻范十隐居

对山东之行的细致描绘。杜甫在与李白交往的过程中，五古颇见长进。山东之行是两颗巨星的相遇，李白开始坠落，杜甫正在上升。这也是两个时代的交汇。

李侯有佳句，往往似阴铿[1]。

余亦东蒙客，怜君如弟兄。

醉眠秋共被，携手日同行。

更想幽期处，还寻北郭生[2]。

入门高兴发，侍立小童清。

落景[3]闻寒杵，屯云对古城。

向来吟《橘颂》，谁欲讨莼羹。

不愿论簪笏[4]，悠悠沧海情。

---

1. 阴铿：南朝著名诗人。
2. 北郭生：指范十。
3. 落景：斜阳。
4. 簪笏：冠簪与手版，代指出仕。

赠李白

对前辈失意生涯的感慨。
崇拜的人并没有实现自己的理想，这让青年杜甫产生了不祥的预感。

秋来相顾尚飘蓬，未就丹砂[1]愧葛洪[2]。
痛饮狂歌空度日，飞扬跋扈[3]为谁雄。

1. 未就丹砂：炼丹不成功，指学道未成。
2. 葛洪：东晋著名道士。
3. 跋扈：放恣的样子。这里是褒义。

蹉跎长安

（三十五至四十五岁）

三十五岁的杜甫去了长安，寻求功名。这一去，就是十年蹉跎

春日忆李白

在长安怀念刚刚结束的山东之行。

白也诗无敌，飘然思不群。
清新庾开府[1]，俊逸鲍参军[2]。
渭北春天树，江东日暮云。
何时一樽酒，重与细论文。

---

1. 庾开府：指庾信，曾任开府仪同三司。
2. 鲍参军：指鲍照，曾任前军参军。

郑驸马宅宴洞中

杜甫也会写非常艳丽的词句。
这是一首拗体七律。杜甫晚年也写作了数首拗体七律。这是他在为刚刚定型的七律寻找新的可能性。

主家阴洞细烟雾，留客夏簟清琅玕[1]。
春酒杯浓琥珀薄，冰浆[2]碗碧玛瑙寒。
误疑茅堂过江麓，已入风磴[3]霾云端。
自是秦楼[4]压郑谷[5]，时闻杂佩声珊珊。

1. 琅玕：似玉的美石，这里比喻簟席的苍翠。
2. 冰浆：一说即凉粉。
3. 风磴：凌风攀登而上的道路。
4. 秦楼：驸马居住之地。指富贵之人的居所。
5. 郑谷：贫贱之人的山林宅邸。

送孔巢父谢病归游江东兼呈李白

在七古领域的开拓，用笔矫健。
仍似有模仿李白之意，但实际已经有了自己的面貌。

巢父掉头[1]不肯住，东将入海随烟雾。
诗卷长留天地间，钓竿欲拂珊瑚树。
深山大泽龙蛇远，春寒野阴风景暮。
蓬莱织女回云车，指点虚无是征路[2]。
自是君身有仙骨，世人那得知其故。
惜君只欲苦死留，富贵何如草头露。
蔡侯[3]静者[4]意有余，清夜置酒临前除。
罢琴惆怅月照席，几岁寄我空中书。
南寻禹穴[5]见李白，道甫问讯今何如。

---

1. 掉头：转过头。
2. 征路：前往的道路。因孔巢父清高，不去名利之地，故云“虚无”。
3. 蔡侯：设饯送别之人，生平不详。
4. 静者：指能得老庄清静之道的人。
5. 禹穴：在今浙江绍兴。

奉赠韦左丞丈二十二韵

描述自己早年生活的经典之作。

纨绔[1]不饿死，儒冠多误身。
丈人试静听，贱子请具陈。
甫昔少年日，早充观国宾[2]。
读书破万卷，下笔如有神。
赋料扬雄敌，诗看子建亲。
李邕求识面，王翰愿卜邻。
自谓颇挺出，立登要路津[3]。
致君尧舜上，再使风俗淳。
此意竟萧条，行歌非隐沦[4]。
骑驴十三载，旅食京华春。
朝扣富儿门，暮随肥马尘。
残杯与冷炙，到处潜悲辛。

1. 纨绔：代指贵族子弟。
2. 观国宾：参观国都的宾客，指杜甫二十四岁在洛阳参加进士考试。
3. 要路津：比喻显要的地位。
4. 隐沦：隐逸之士。

主上顷见征，欻（xū）然[1]欲求伸。
青冥却垂翅，蹭蹬（cèng dèng）[2]无纵鳞。
甚愧丈人厚，甚知丈人真。
每于百僚上，猥[3]诵佳句新。
窃效贡公喜，难甘原宪贫。
焉能心怏怏，只是走踆踆。
今欲东入海，即将西去秦。
尚怜终南山，回首清渭滨。
常拟报一饭，况怀辞大臣。
白鸥没浩荡，万里谁能驯。

---

1. 欻然：忽然。
2. 蹭蹬：失意的样子。
3. 猥：辱，自谦之辞。

饮中八仙歌

对盛唐一时名士的有趣描绘，笔法活泼。

知章骑马似乘船，眼花落井水底眠。
汝阳[1]三斗始朝天，道逢曲车口流涎，
恨不移封向酒泉。左相[2]日兴费万钱，
饮如长鲸吸百川，衔杯乐圣称避贤。
宗之[3]潇洒美少年，举觞白眼望青天，
皎如玉树临风前。苏晋长斋绣佛前，
醉中往往爱逃禅[4]。李白一斗诗百篇，
长安市上酒家眠。天子呼来不上船，
自称臣是酒中仙。张旭三杯草圣传，
脱帽露顶王公前，挥毫落纸如云烟。
焦遂五斗方卓然[5]，高谈雄辩惊四筵。

---

1. 汝阳：指汝阳郡王李琎。
2. 左相：指李适之。
3. 宗之：指崔宗之。
4. 逃禅：破戒。
5. 卓然：高远的样子。

城西陂泛舟

诗的主题未必高超，但可看出对仗句法已十分娴熟。

青蛾皓齿[1]在楼船，横笛短箫悲远天。
春风自信[2]牙樯动，迟日徐[3]看锦缆牵。
鱼吹细浪摇歌扇，燕蹴（cù）[4]飞花落舞筵。
不有小舟能荡桨，百壶那送酒如泉。

1. 青蛾皓齿：代指歌妓。
2. 信：任凭。
3. 徐：慢慢地。
4. 蹴：踏。

乐游园歌

描写了盛唐的风景与下层文士的疏离感。此时杜甫寄居长安，既没有功名也没有官职。

乐游古园崒(zú)[1]森爽[2]，烟绵碧草萋萋长。
公子华筵势最高，秦川对酒平如掌。
长生木瓢示真率，更调鞍马狂欢赏。
青春波浪芙蓉园，白日雷霆夹城仗。
阊阖(chāng hé)[3]晴开詄(dié)荡荡[4]，曲江翠幕排银榜[5]。
拂水低回舞袖翻，缘云清切歌声上。
却忆年年人醉时，只今未醉已先悲。
数茎白发那抛得，百罚深杯亦不辞。
圣朝亦知贱士丑，一物自荷皇天慈。
此身饮罢无归处，独立苍茫自咏诗。

1. 崒：危峻。
2. 森爽：森疏萧爽。
3. 阊阖：天门。
4. 詄荡荡：旷荡的样子。
5. 翠幕排银榜：游宴者所设帐幕多得势排银榜。银榜，宫殿门端所悬匾额。

贫交行

模仿汉代歌谣，故意措辞朴素，说理警策，实际已是唐人的创造。

翻手作云覆手雨，纷纷轻薄何须数。
君不见管鲍[1]贫时交，此道今人弃如土。

1. 管鲍：指管仲和鲍叔牙。鲍叔牙不计较管仲贫困时欺骗自己，反而善待并举荐他。

同诸公登慈恩寺塔

“秦山忽破碎”，写出对即将到来的大变乱的不祥预感。

高标[1]跨苍穹，烈风无时休。
自非旷士怀，登兹翻百忧。
方知象教[2]力，足可追冥搜[3]。
仰穿龙蛇窟，始出枝撑[4]幽。
七星在北户，河汉声西流。
羲和鞭白日，少昊行清秋。
秦山忽破碎，泾渭不可求。
俯视但一气，焉能辨皇州。
回首叫虞舜，苍梧云正愁。

1. 高标：指慈恩寺塔。
2. 象教：即佛教。
3. 冥搜：遐想，深思苦想。
4. 枝撑：塔中斜柱。

惜哉瑶池饮，日宴昆仑丘。

黄鹄去不息，哀鸣何所投。

君看随阳雁[1]，各有稻粱谋[2]。

---

1. 随阳雁：大雁在秋天自北向南飞，在春天自南向北飞，因此叫作“随阳雁”。
2. 稻粱谋：比喻人谋求衣食。

送高三十五书记[1]

安史之乱前夕，政治环境已经对文人不甚友好。高、岑选择投笔从戎也与此有关。当高适还偶尔用浪漫的歌吟掩饰现实中的失落时，杜甫已经写出了这代人的无奈。

崆峒小麦熟，且愿休王师。
请公问主将，焉用穷荒为。
饥鹰未饱肉，侧翅随人飞。
高生跨鞍马，有似幽并儿。
脱身簿尉中，始与捶楚[2]辞。
借问今何官，触热[3]向武威。
答云一书记，所愧国士[4]知。
人实不易知，更须慎其仪。
十年出幕府，自可持旌麾。
此行既特达[5]，足以慰所思。

---

1. 高三十五书记：与诗中的“公”“高生”都指高适。书记，负责起草文件的官员。
2. 捶楚：杖刑，指县尉那样的小官要处理的日常事务。
3. 触热：冒着暑热。
4. 国士：全国推崇景仰的人。
5. 特达：卓特、特出，比喻前程远大。

男儿功名遂，亦在老大时。
常恨结欢浅，各在天一涯。
又如参与商，惨惨中肠悲。
惊风吹鸿鹄，不得相追随。
黄尘翳(yì)[1]沙漠，念子何当归。
边城有余力，早寄从军诗。

1. 翳：遮蔽。

陪郑广文游何将军山林十首 其九

将军有文人风度，在当时是受到推崇的。

床上书连屋，阶前树拂云。
将军不好武，稚子总能文。
醒酒微风入，听诗静夜分[1]。
chī
绨衣[2]挂萝薜，凉月白纷纷。

1. 夜分：夜半。
2. 绨衣：细葛布衣。

陪诸贵公子丈八沟携妓纳凉，晚际遇雨二首　其一

在长安时，难免与贵公子交游应酬。杜甫写出了这种场合的无聊和无奈之感。

落日放船好，轻风生浪迟。
竹深留客处，荷净纳凉时。
公子调冰水，佳人雪[1]藕丝。
片云头上黑，应是雨催诗。

1. 雪：削碎。

渼陂[1]行

méi bēi（渼陂）

七言歌行开始探索与现实结合的奇肆，开始走上与李白不同的道路。这条道路，在中唐以后收获了更多的追随者。
与岑参交游之始。

岑参兄弟皆好奇，携我远来游渼陂。
天地黤惨[2]忽异色，波涛万顷堆琉璃。
琉璃汗漫泛舟入，事殊兴极忧思集。
鼍作鲸吞[3]不复知，恶风白浪何嗟及。
主人锦帆相为开，舟子喜甚无氛埃。
凫鹥[4]散乱棹讴发，丝管啁啾[5]空翠来。
沉竿续蔓[6]深莫测，菱叶荷花净如拭。
宛在中流渤澥[7]清，下临无地终南黑。
半陂以南纯浸山，动影袅窕冲融[8]间。

（注音：黤 yǎn；鼍 tuó；凫鹥 fú yī；啁啾 zhōu jiū；澥 xiè）

1. 渼陂：湖名，在今陕西户县西。
2. 黤惨：天色昏黑。
3. 鼍作鲸吞：喻指风涛惊险。
4. 凫鹥：凫，野鸭。鹥，鸥鸟。
5. 啁啾：多种乐器一齐演奏的声音。
6. 沉竿续蔓：指用竹竿和丝绳测量渼陂的深度。
7. 渤澥：渤海，这里喻指渼陂。
8. 冲融：湖水深广的样子。

船舷暝戛云际寺，[1] 水面月出蓝田关。

此时骊龙亦吐珠，冯夷[2] 击鼓群龙趋。

湘妃汉女出歌舞，金支翠旗光有无。

咫尺但愁雷雨至，苍茫不晓神灵意。

少壮几时奈老何，向来哀乐何其多。

---

1. “船舷”句：船舷在黄昏时擦过云际山的大定寺在水中的倒影。
2. 冯夷：水神名。

渼陂西南台

同一个题材，不同的体裁有不同的写法。

高台面苍陂，六月风日冷。
蒹葭离披[1]去，天水相与永。
怀新目似击，接要心已领。
仿像[2]识鲛人，空蒙辨鱼艇。
错磨[3]终南翠，颠倒白阁影。
qiú
崷崒[4]增光辉，乘陵惜俄顷。
劳生愧严郑[5]，外物慕张邴[6]。
měng
世复轻骅骝，吾甘杂蛙黾[7]。
知归俗可忽，取适事莫并。
身退岂待官，老来苦便静。

---

1. 离披：散乱的样子。
2. 仿像：仿佛。
3. 错磨：参错磨戛，这里指的是终南山映在水中的倒影。
4. 崷崒：高峻。
5. 严郑：指严遵和郑朴，汉代的两位隐士。
6. 张邴：张仲蔚和邴曼，代指隐士。
7. 蛙黾：即蛙。

况资菱芡足，庶结茅茨[1]迥。

从此具扁舟，弥年逐清景。

1. 茅茨：茅草屋顶。

醉时歌

痛饮放歌时，忽然插入“清夜”二句点缀，章法很讲究。

诸公衮衮(gǔn)[1]登台省，广文先生[2]官独冷。
甲第[3]纷纷厌[4]粱肉，广文先生饭不足。
先生有道出羲皇，先生有才过屈宋。
德尊一代常坎轲(kē)[5]，名垂万古知何用。
杜陵野客人更嗤，被褐短窄鬓如丝。
日籴(dí)[6]太仓五升米，时赴郑老同襟期。
得钱即相觅，沽酒不复疑。
忘形到尔汝，痛饮真吾师。
清夜沉沉动春酌，灯前细雨檐花落。
但觉高歌有鬼神，焉知饿死填沟壑。
相如逸才亲涤器，子云识字终投阁。

---

1. 衮衮：相继不绝。
2. 广文先生：指郑虔。
3. 甲第：权贵豪门的住宅。
4. 厌：饱。
5. 坎轲：坎坷。
6. 籴：买入。

先生早赋归去来，石田茅屋荒苍苔。

儒术于我何有哉，孔丘盗跖[1]俱尘埃。

不须闻此意惨怆，生前相遇且衔杯。

1. 盗跖：相传为春秋时的大盗。

秋雨叹三首 其一

“雨中百草秋烂死”写得很实在，此前这样的句子是不入诗的；又与“决明”的富丽奇异构成鲜明对比，上承齐梁，下启新的审美范式。

雨中百草秋烂死，阶下决明颜色鲜。
著叶满枝翠羽盖，开花无数黄金钱。
凉风萧萧吹汝[1]急，恐汝后时难独立。
堂上书生空白头，临风三嗅馨香泣。

1. 汝：指决明。

前出塞九首　其五

杜甫的边塞诗，大多有反战情绪，少有浪漫情怀，充满了理智、现实的考虑。

以下数首诗，反映的是安史之乱前盛唐官军与周边民族争夺土地的战争。

在一些人口中武功赫赫的盛唐，在杜甫眼中却充满各族军民的血泪。

在杜甫此时的作品中，已经隐隐看到了后来安史之乱的忧患，这也显示出了杜甫的远见。

杜甫更能看到现实中的细节，不为光鲜的颂圣之言所蒙蔽，这也是与杜甫的创作特点有关的。

迢迢万里余，领我赴三军。

军中异苦乐[1]，主将宁[2]尽闻。

隔河见胡骑，倏忽数百群。

我始为奴仆，几时树功勋。

---

1. 异苦乐：苦乐不均。
2. 宁：岂，怎么。

前出塞九首　其六

“射人先射马，擒贼先擒王”是为了少杀人，而不仅仅是“抓住主要矛盾”。

周边民族士兵的生命也是生命，只要能制止不义之师，何必杀那么多人呢？

挽弓[1]当挽强，用箭当用长。
射人先射马，擒贼先擒王。
杀人亦有限，列国自有疆。
苟能制侵陵[2]，岂在多杀伤。

1. 挽弓：拉弓。
2. 制侵陵：制止侵略。

兵车行

安史之乱前盛唐战争的真实写照。

此诗不是乐府，只是取了一个很像乐府的题目。汉乐府中男性死于征战、女性耕种的情景，真实地再现于饱读诗书的杜甫面前。杜甫其实是借汉朝来写唐朝，汉朝和唐朝是一样的。

“武皇开边意未已”的战功，给人民带来了深重的灾难，远离边疆、孕育了中华文明的“汉家山东二百州”受到了重创。

车辚辚[1]，马萧萧[2]，行人弓箭各在腰。
耶[3]娘妻子走相送，尘埃不见咸阳桥。
牵衣顿足拦道哭，哭声直上干云霄。
道旁过者问行人，行人但云点行[4]频。
或从十五北防河，便至四十西营田。
去时里正[5]与裹头，归来头白还戍边。
边庭流血成海水，武皇[6]开边意未已。
君不闻汉家山东[7]二百州，千村万落生荆杞。

---

1. 辚辚：众车行进的声音。
2. 萧萧：马嘶鸣的声音。
3. 耶：父亲。后作“爷”。
4. 点行：根据家中人口数量强制征调。
5. 里正：管理百户人家的底层小吏。
6. 武皇：本指汉武帝，这里指唐玄宗。
7. 山东：指崤山或华山以东，也称关东。

纵有健妇把锄犁，禾生陇亩无东西。

况复秦兵耐苦战，被驱不异犬与鸡。

长者[1]虽有问，役夫[2]敢申恨。

且如今年冬，未休关西卒。

县官急索租，租税从何出。

信知生男恶，反是生女好。

生女犹得嫁比邻，生男埋没随百草。

君不见，青海头，古来白骨无人收。

新鬼烦冤旧鬼哭，天阴雨湿声啾啾[3]。

1. 长者：行人对杜甫的尊称。
2. 役夫：行人的自称。
3. 啾啾：呜咽声。

高都护[1]骢马行

诗歌格式多继承齐梁歌行，却掩盖不住杜诗特有的力量感。

安西都护胡青骢，声价欻然来向东。
此马临阵久无敌，与人一心成大功。
功成惠养随所致[2]，飘飘远自流沙至。
雄姿未受伏枥[3]恩，猛气犹思战场利。
腕促蹄高如踣[4]铁，交河几蹴曾[5]冰裂。
五花[6]散作云满身，万里方看汗流血。
长安壮儿不敢骑，走过掣电倾城知。
青丝络头为君老，何由却出横门道。

1. 高都护：与下“安西都护”都指高仙芝。
2. 随所致：跟随托身的主人。
3. 枥：马槽。
4. 踣：踏。
5. 曾：同“层”，积。
6. 五花：指骢马斑驳的毛色。

丽人行

对杨氏权势富贵的讽刺。客观上也反映了盛唐长安贵族生活的面貌。

三月三日天气新，长安水边多丽人。
态浓意远淑且真，肌理细腻骨肉匀。
绣罗衣裳照暮春，蹙金[1]孔雀银麒麟。
头上何所有，翠微[è]匐叶[2]垂鬓唇。
背后何所见，珠压腰衱[jié][3]稳称身。
就中云幕椒房亲[4]，赐名大国虢与秦。
紫驼之峰出翠釜，水精之盘行素鳞。
犀箸[5]厌饫[6]久未下，鸾刀缕切空纷纶。
黄门飞鞚[kòng][7]不动尘，御厨络绎送八珍。
箫鼓哀吟感鬼神，宾从杂遝[tà][8]实要津。

---

1. 蹙金：刺绣的一种，下文“孔雀”“麒麟”均指衣上所绣花纹。
2. 匐叶：古时妇女发饰匐彩上的花叶。匐，古代妇女发髻饰品。
3. 腰衱：裙带。
4. 椒房亲：后妃的亲属。
5. 箸：筷子。
6. 厌饫：指饱食生腻。
7. 飞鞚：指驭马如飞。鞚，马笼头。
8. 杂遝：众多。

后来鞍马何逡巡，当轩下马入锦茵。
杨花雪落覆白蘋，青鸟飞去衔红巾。[1]
炙手可热势绝伦，慎莫近前丞相嗔。

1. “杨花”二句：讽刺杨国忠兄妹淫乱。

冬日洛城北谒玄元皇帝[1]庙

严整富丽的五言排律，得力于杜审言。

配极[2]玄都閟[3]，凭虚禁御[4]长。
守祧(tiāo)[5]严具礼，掌节[6]镇非常。
碧瓦初寒外，金茎[7]一气旁。
山河扶绣户，日月近雕梁。
仙李盘根大，猗(yī)兰[8]奕叶[9]光。
世家遗旧史，道德付今王。
画手看前辈，吴生[10]远擅场。
森罗移地轴，妙绝动宫墙。

---

1. 玄元皇帝：唐代加封老子的尊号。
2. 配极：配北极。老子庙在皇城北，如配皇帝居所。
3. 閟：幽深。
4. 禁御：禁苑，指宫廷。老子封玄元皇帝，因此其庙也可称“禁苑”。
5. 守祧：掌守先王宗庙。
6. 掌节：掌管符节。
7. 金茎：铜柱。
8. 猗兰：美好的兰花，比喻李唐王朝的繁盛。
9. 奕叶：累代。
10. 吴生：指吴道子。

五圣联龙衮[1]，千官列雁行。
liú pèi
冕旒[2]俱秀发，旌旆尽飞扬。
翠柏深留景，红梨迥得霜。
风筝吹玉柱，露井冻银床。
身退卑周室，经传拱汉皇。
谷神如不死，养拙更何乡。

1. 龙衮：卷龙衣，天子礼服。
2. 冕旒：古代帝王、诸侯与卿大夫的礼冠。

官定后戏赠

杜甫终究没有中进士，最后勉强谋取了一个说得过去的官职。这样的结果并不令杜甫满意，他只是无奈地接受了这个现实。此时他已失去了为唐王朝奋斗的雄心壮志，对官场产生了强烈的疏离感。如果没有安史之乱，他的一生大概就是这样安稳而平凡地度过了。

不作河西尉，凄凉为折腰。
老夫怕趋走，率府[1]且逍遥。
耽酒须微禄，狂歌托圣朝。
故山归兴尽，回首向风飙。

1. 率府：官名，太子属官。

去矣行

师法鲍照的古体歌行。

君不见韝(gōu)[1]上鹰，一饱则飞掣。
焉能作堂上燕，衔泥附炎热。
野人旷荡[2]无靦(tiǎn)[3]颜，岂可久在王侯间。
未试囊中餐玉法，明朝且入蓝田山。[4]

---

1. 韝：射箭时戴的皮制袖套。
2. 旷荡：胸怀旷达。
3. 靦：羞惭。
4. “未试”二句：指归隐山林。

自京赴奉先县咏怀五百字

“咏怀”是五言古诗最经典的功能，阮籍的咏怀诗为五言古诗树立了典范。六朝的五言古诗都很短，常常不超过五韵，即使是晋宋排偶之体，也很少超过十韵。杜甫开创了长篇五古的先河。

此诗记录了安史之乱前夕的灾难，写出了巨大的贫富差距，并怀着悲愤记录了幼子的夭折。唐王朝已经在暗暗地衰落了。

杜陵有布衣，老大意转拙。

许身[1]一何愚，窃比稷(jì)与契[2]。

居然成濩(huò)落[3]，白首甘契阔[4]。

盖棺事则已，此志常觊(jì)豁[5]。

穷年忧黎元，叹息肠内热。

取笑同学[6]翁，浩歌弥激烈。

非无江海志，潇洒送日月。

生逢尧舜君，不忍便永诀。

---

1. 许身：自我期许。
2. 稷与契：传说中尧舜时期的两位贤臣。
3. 濩落：大而无用，引申谓沦落失意。
4. 契阔：勤劳辛苦。
5. 觊豁：希望达到目的。
6. 同学：同辈。

当今廊庙具[1]，构厦[2]岂云缺。

葵藿倾太阳，物性固莫夺。

顾惟蝼蚁辈，但自求其穴。

胡为慕大鲸，辄拟[3]偃溟渤[4]。

以兹悟生理[5]，独耻事干谒。

兀兀[6]遂至今，忍为尘埃没。

终愧巢与由[7]，未能易其节。

沉饮聊自遣，放歌颇愁绝。

岁暮百草零，疾风高冈裂。

天衢阴峥嵘，客子中夜发。

霜严衣带断，指直不得结。

凌晨过骊山，御榻在嵽嵲(dié niè)[8]。

---

1. 廊庙具：指栋梁之材。廊庙，朝廷。具，器物。
2. 构厦：建构大厦。
3. 辄拟：总打算。
4. 溟渤：大海。
5. 生理：处世之道。
6. 兀兀：劳苦的样子。
7. 巢与由：巢父与许由，传说中唐尧时期的两位隐士。
8. 嵽嵲：高峻。

蚩尤塞寒空，蹴蹋[1]崖谷滑。
瑶池气郁律[2]，羽林相摩戛[3]。
君臣留欢娱，乐动殷胶葛[4]。
赐浴皆长缨，与宴非短褐。
彤庭所分帛，本自寒女出。
鞭挞其夫家，聚敛贡城阙。
圣人筐篚(fěi)[5]恩，实欲邦国活。
臣如忽至理，君岂弃此物。
多士盈朝廷，仁者宜战栗。
况闻内金盘，尽在卫霍室。
中堂有神仙，烟雾蒙玉质。
暖客貂鼠裘，悲管逐清瑟。
劝客驼蹄羹，霜橙压香橘。

1. 蹴蹋：踩，踏。
2. 郁律：水汽蒸腾的样子。
3. 摩戛：武器相摩擦。
4. 殷胶葛：指乐声远播，四处荡漾。殷，震动。
5. 筐篚：盛物的竹器，皇帝常以此盛币帛赏赐群臣。

朱门酒肉臭，路有冻死骨。
荣枯咫尺异，惆怅难再述。
北辕就泾渭，官渡又改辙。
群冰从西下，极目高崒兀[1]。
疑是崆峒来，恐触天柱折。
河梁幸未坼，枝撑声窸窣。
行李相攀援，川广不可越。
老妻寄异县，十口隔风雪。
谁能久不顾，庶往共饥渴。
入门闻号咷，幼子饥已卒。
吾宁舍一哀，里巷亦呜咽。
所愧为人父，无食致夭折。
岂知秋禾登，贫窭(jù)[2]有仓卒。
生常免租税，名不隶征伐。
抚迹犹酸辛，平人固骚屑[3]。

---

1. 崒兀：高峻。
2. 贫窭：贫穷。
3. 骚屑：骚动不安。

默思失业徒，因念远戍卒。
hòng duō
忧端齐终南，澒洞[1]不可掇。

1. 澒洞：无边无际的样子。

安史之乱

（四十五至四十八岁）

杜甫没想到，他这一去，就再也没有返回长安

哀王孙

写于安史之乱中的第一首诗。安史之乱击碎了很多人宁静富足的生活，昔日的王孙居然一下子要卖身为奴了，这个片段是当时长安人苦难的缩影。当时流亡在外的朝廷是长安人的希望。

此诗综合了南朝歌行与汉乐府的优点。杜甫从古代典籍中看到过的事情，正不断在他眼前变成现实。

长安城头头白乌，夜飞延秋门上呼。
又向人家啄大屋，屋底达官走避胡。
金鞭断折九马死，骨肉不得同驰驱。
腰下宝玦青珊瑚，可怜王孙泣路隅。
问之不肯道姓名，但道困苦乞为奴。
已经百日窜荆棘，身上无有完肌肤。
高帝子孙尽隆准[1]，龙种自与常人殊。
豺狼在邑龙在野，王孙善保千金躯。
不敢长语临交衢[2]，且为王孙立斯须。
昨夜东风吹血腥，东来橐驼满旧都。[3]

---

1. 隆准：高鼻。
2. 交衢：指道路要冲。
3. “东来”句：指安禄山军队从东北来，进入长安后大肆劫掠，将财物都用骆驼运走。

朔方健儿[1]好身手，昔何勇锐今何愚。

窃闻天子已传位，圣德北服南单于。

花门[2]剺(lí)面[3]请雪耻，慎勿出口他人狙。

哀哉王孙慎勿疏，五陵佳气无时无。

---

1. 朔方健儿：指哥舒翰统领的潼关守军。
2. 花门：居延海北有花门山堡，驻有回纥骑兵，这里借指回纥人。
3. 剺面：用刀割脸表示悲愁，是回纥风俗。

悲陈陶

那些曾经无忧无虑的良家少年，为了守护美好的长安，献出了他们的生命。长安的衣冠士族，在绝境中苦苦等待。

孟冬十郡良家子[1]，血作陈陶泽中水。
野旷天清无战声，四万义军[2]同日死。
群胡[3]归来血洗箭，仍唱胡歌饮都市。
都人[4]回面向北啼，日夜更望官军至。

1. 十郡良家子：指从西北地区十郡招募的子弟。
2. 义军：指唐官军。
3. 群胡：指安禄山叛军。
4. 都人：长安百姓。

月夜

杜甫第一次出逃，被抓回长安，写诗思念他留在鄜州的家人。
值得庆幸的是，孩子们还太小，应该不会明白眼前的苦难吧。
抬头看看月亮，月边的云彩就像是妻子的秀发，月亮的光芒就像是妻子的臂膀。我们现在只能仰望同一轮月亮了。
杜甫也写过如此儿女情长的诗。

今夜鄜州月，闺中[1]只独看。
遥怜小儿女，未解忆长安。
香雾云鬟湿，清辉玉臂寒。
何时倚虚幌[2]，双照泪痕干。

---

1. 闺中：妇女居住的内室，借指妻子。
2. 虚幌：透亮的薄帷。

对雪

战乱中的冬天。

战哭多新鬼，愁吟独老翁。
乱云低薄暮，急雪舞回风。
瓢弃[1]樽无绿，炉存火似红。
数州消息断，愁坐正书空[2]。

1. 瓢弃：无酒可饮，故弃瓢。
2. 书空：在空中书写。

遣兴

杜甫对家中的亲人总是充满了深情，骥子是他最疼爱、最寄予希望的孩子。可惜孩子小小年纪就赶上了乱世，没法获得杜甫小时候那么好的教育条件了。杜甫看在眼里，一定觉得孩子特别可怜。不幸中的大幸是，骥子还拥有一位知书达礼的母亲，给了他人间的温情和必要的教育。

骥子[1]好男儿，前年学语时。
问知人客姓，诵得老夫诗。
世乱怜渠[2]小，家贫仰母慈。
鹿门携不遂，雁足系难期。
天地军麾[3]满，山河战角悲。
傥归免相失，见日敢辞迟。

1. 骥子：杜甫幼子宗武，乳名骥子。
2. 渠：他，指宗武。
3. 军麾：军旗。

一百五日[1]夜对月

陷落贼手与家人分离多半年了，杜甫望着月亮，突然想起《世说新语》中的话来。砍掉月亮里的桂树，月亮是会更亮一点呢，还是会像失去瞳仁的眼睛一样，一下子瞎掉呢？
杜甫为什么突然想要砍掉月亮里的桂树呢？我们其实不好揣测。总之，他看月亮的时间是太长了。

无家对寒食，有泪如金波[2]。
zhuó
斫却[3]月中桂，清光应更多。
pǐ
仳离[4]放红蕊，想像颦[5]青蛾[6]。
牛女[7]漫愁思，秋期犹渡河。

---

1. 一百五日：指寒食节，距前一年冬至一百零五日，故名。
2. 金波：月光映照的水波。
3. 斫却：砍掉。
4. 仳离：夫妇分离。
5. 颦：皱眉。
6. 青蛾：月中的嫦娥，也喻指分别的妻子。
7. 牛女：牛郎和织女。

春望

安史之乱催生的名作。
五律写出这样的笔力，是多年的功夫凝结而成的，也是大变故下浓厚的感情凝结而成的。

国破山河在，城春草木深。
感时花溅泪，恨别鸟惊心。
烽火连三月，家书抵万金。
白头搔更短，浑欲[1]不胜[2]簪。

1. 浑欲：简直要。
2. 不胜：不能承受。

哀江头

战乱中再到曲江头闲步，萧条的景象已今非昔比，作者的心情也从厌倦变成了惋惜。
这是最早描写杨贵妃悲剧的歌行。

少陵野老吞声哭，春日潜行曲江曲[1]。
江头宫殿锁千门，细柳新蒲为谁绿。
忆昔霓旌[2]下南苑[3]，苑中万物生颜色。
昭阳殿里第一人，[4]同辇随君侍君侧。
辇前才人[5]带弓箭，白马嚼啮黄金勒[6]。
翻身向天仰射云，一箭正坠双飞翼[7]。

---

1. 曲江曲：曲江的隐僻之处。
2. 霓旌：霓虹般的彩旗。
3. 南苑：即芙蓉苑，在曲江南。
4. “昭阳”句：喻指杨贵妃。昭阳殿是汉成帝的美人赵飞燕居住。
5. 才人：宫中女官。
6. 黄金勒：黄金制成的衔勒。
7. 正坠双飞翼：暗喻马嵬兵变时唐玄宗赐死杨贵妃。

明眸皓齿今何在，血污游魂归不得。
清渭东流剑阁深，去住[1]彼此无消息。
人生有情泪沾臆，江水江花岂终极。
黄昏胡骑尘满城，欲往城南望城北。

1. 去住：生与死。

喜达行在所三首 其三

杜甫逃出长安，几经磨难，终于找到了朝廷。

尽管周围的条件有些寒酸，杜甫心里却觉得像到了家一样，一下子安定下来。连平时看起来威风凛凛的禁军，此时也显得可亲可爱了呢。

死去凭谁报，归来始自怜。

犹瞻太白雪，喜遇武功天。

影静千官里，[1]心苏[2]七校[3]前。

今朝汉社稷，新数中兴年。

---

1. “影静”句：指杜甫自己已经跻身朝班之中。
2. 心苏：心情渐渐复苏活跃。
3. 七校：指禁军。

独酌成诗

这是一首五律，却多用散文句法、流水对，多写情而少写物，借鉴了五古的潇洒意态。

灯花[1]何太喜，酒绿正相亲。
醉里从[2]为客，诗成觉有神。
兵戈犹在眼，儒术岂谋身。
苦被微官缚，低头愧野人。

1. 灯花：灯芯余烬烧成的花状物，古人以为吉兆。
2. 从：任从，任凭。

北征

征行诗史上的杰作。驱遣乐府古诗的文学资源而多有创造，记录了自己在安史之乱中的流亡生活。体物深细，写人生动。

皇帝二载秋，闰八月初吉。

杜子将北征，苍茫问家室。

维[1]时遭艰虞[2]，朝野少暇日。

顾惭[3]恩私被，诏许归蓬荜[4]。

拜辞诣阙下[5]，怵（chù）惕[6]久未出。

虽乏谏诤姿，恐君有遗失。

君诚中兴主，经纬固密勿[7]。

东胡反未已，臣甫愤所切。

挥涕恋行在[8]，道途犹恍惚。

---

1. 维：句首发语词，无义。
2. 艰虞：艰难困苦。
3. 顾惭：自觉惭愧。
4. 蓬荜：蓬门荜户，用草、树枝等制成的门户，形容穷苦人家居住的简陋房屋，这里指杜甫自家的房屋。
5. 阙下：指朝廷。
6. 怵惕：惶恐不安。
7. 密勿：勤勉谨慎。
8. 行在：皇帝所在的地方。

乾坤含疮痍，忧虞何时毕。
靡靡逾阡陌，人烟眇萧瑟。
所遇多被伤，呻吟更流血。
回首凤翔县，旌旗晚明灭。
前登寒山重，屡得饮马窟。
邠郊入地底，泾水中荡潏(yù)[1]。
猛虎立我前，苍崖吼时裂。
菊垂今秋花，石戴古车辙。
青云动高兴，幽事亦可悦。
山果多琐细，罗生杂橡栗。
或红如丹砂，或黑如点漆。
雨露之所濡，甘苦齐结实。
缅思桃源内，益叹身世拙。
坡陀望鄜畤[2]，岩谷互出没。
我行已水滨，我仆犹木末[3]。

---

1. 荡潏：河水涌流的样子。
2. 鄜畤：鄜州的别称。
3. 木末：树梢。

chī
鸱鸟鸣黄桑，野鼠拱乱穴。

夜深经战场，寒月照白骨。

潼关百万师，往者散何卒。

遂令半秦民，残害为异物。

况我堕胡尘，及归尽华发。

经年至茅屋，妻子衣百结。

恸哭松声回，悲泉共幽咽。

平生所娇儿，颜色白胜雪。

见耶[1]背面啼，垢腻脚不袜。

床前两小女，补绽才过膝。

海图坼波涛，旧绣移曲折。

天吴及紫凤，颠倒在裋褐。

老夫情怀恶，呕泄卧数日。

那无囊中帛，救汝寒凛栗[2]。

粉黛亦解苞，衾裯稍罗列。

---

1. 耶：同“爷”，指父亲。
2. 寒凛栗：冻得发抖。

瘦妻面复光，痴女头自栉(zhì)[1]。
学母无不为，晓妆随手抹。
移时施朱铅，狼藉画眉阔。
生还对童稚，似欲忘饥渴。
问事竞挽须，谁能即嗔喝。
翻思在贼愁，甘受杂乱聒。
新归且慰意，生理焉得说。
至尊尚蒙尘，几日休练卒。
仰观天色改，坐觉祆气豁。
阴风西北来，惨淡随回鹘。
其王愿助顺，其俗善驰突。
送兵五千人，驱马一万匹。
此辈少为贵，四方服勇决。
所用皆鹰腾，破敌过箭疾。
圣心颇虚伫，时议气欲夺。
伊洛指掌收，西京不足拔。

1. 栉：梳头。

官军请深入，蓄锐何俱发。

此举开青徐，旋瞻[1]略恒碣。

昊天积霜露，正气有肃杀。

祸转亡胡岁，势成擒胡月。

胡命其能久，皇纲[2]未宜绝。

忆昨狼狈初，事与古先别。

奸臣竟菹醢（zū hǎi）[3]，同恶随荡析。

不闻夏殷衰，中自诛褒妲。

周汉获再兴，宣光[4]果明哲。

桓桓陈将军[5]，仗钺奋忠烈。

微尔人尽非，于今国犹活。

凄凉大同殿，寂寞白兽闼[6]。

都人望翠华，佳气向金阙。

---

1. 旋瞻：不久就能看到。
2. 皇纲：皇朝的纲纪，国运。
3. 菹醢：剁成肉酱。
4. 宣光：指周宣王和汉光武帝，都是有中兴之功的皇帝。
5. 陈将军：指陈玄礼，马嵬兵变的支持者。
6. 白兽闼：指唐宫阙。汉代未央宫有白虎殿，闼即殿门，唐代避讳改“虎”为“兽”。

园陵固有神，洒扫数不缺。
煌煌太宗业，树立甚宏达。

羌村三首　其一

回到鄜州的羌村，与妻儿团聚。场面描写生动，五言古诗句法纯熟。

峥嵘赤云西，日脚下平地。
柴门鸟雀噪，归客千里至。
妻孥(nú)[1]怪我在，惊定还拭泪。
世乱遭飘荡，生还偶然遂。
邻人满墙头，感叹亦歔欷(xū xī)[2]。
夜阑更秉烛，相对如梦寐。

1. 妻孥：妻子和儿女。
2. 歔欷：悲泣，叹息。

洗兵马

收复长安时所作。

中兴诸将收山东，捷书夜报清昼同。
河广传闻一苇过，胡危命在破竹中。
只残邺城不日得，独任朔方[1]无限功。
京师皆骑汗血马，回纥喂肉葡萄宫。
已喜皇威清海岱[2]，常思仙仗[3]过崆峒。
三年笛里关山月，万国兵前草木风。
成王功大心转小，郭相[4]谋深古来少。
司徒[5]清鉴悬明镜，尚书[6]气与秋天杳[7]。
二三豪俊为时出，整顿乾坤济时了。
东走无复忆鲈鱼，南飞觉有安巢鸟。

1. 朔方：唐代方镇名，当时郭子仪为朔方节度使。
2. 海岱：东海和泰山，指今山东省一带。
3. 仙仗：天子的仪仗。
4. 郭相：郭子仪。
5. 司徒：李光弼，至德二载加检校司徒。
6. 尚书：王思礼，时任兵部尚书。
7. 气与秋天杳：气度像秋天的天空一样高远爽朗。

青春复随冠冕入，紫禁正耐烟花绕。
鹤驾[1]通宵凤辇[2]备，鸡鸣问寝龙楼[3]晓。
攀龙附凤势莫当，天下尽化为侯王。
汝等岂知蒙帝力，时来不得夸身强。
关中既留萧丞相，幕下复用张子房。
张公[4]一生江海客，身长九尺须眉苍。
征起适遇风云会，扶颠始知筹策良。
青袍白马更何有，后汉今周喜再昌。
寸地尺天皆入贡，奇祥异瑞争来送。
不知何国致白环[5]，复道诸山得银瓮。
隐士休歌紫芝曲，词人解撰河清颂。
田家望望惜雨干，布谷处处催春种。
淇上健儿归莫懒，城南思妇愁多梦。
安得壮士挽天河，净洗甲兵长不用。

---

1. 鹤驾：指太子李俶的车驾。
2. 凤辇：肃宗的车驾。
3. 龙楼：这里指太上皇唐玄宗的居所。
4. 张公：张镐。
5. 白环：白玉环，与后“银瓮”都是承平之时出现的吉物。

送郑十八虔贬台州司户，伤其临老陷贼之故，阙为面别，情见于诗

与因安史之乱获罪被贬的友人告别，话说得很重。

郑公樗（chū）散[1]鬓成丝，酒后常称老画师。
万里伤心严谴日，百年垂死中兴时。
苍惶[2]已就长途往，邂逅无端出饯迟。
便与先生应永诀，九重泉路尽交期[3]。

1. 樗散：喻指不能得到重用。
2. 苍惶：匆促，急遽。
3. 交期：交情，交谊。

腊日

回到长安做拾遗，感受到了幸福，字里行间又透露出一点幸福中的不满。

腊日常年暖尚遥，今年腊日冻全消。
侵陵[1]雪色还萱草，漏泄春光有柳条。
纵酒欲谋良夜醉，还家初散紫宸朝。
口脂面药[2]随恩泽，翠管银罂[3]下九霄。

---

1. 侵陵：侵夺。
2. 口脂面药：涂抹唇面的脂膏，以防寒冷冻裂皮肤。
3. 翠管银罂：指放置口脂面药的容器。

春宿左省[1]

杜甫做拾遗做得很认真，把工作的辛苦视为一种荣耀。诗中还能看出杜审言的影子，但比初唐应制诗显得主观性更强。

花隐掖垣[2]暮，啾啾栖鸟过。
星临万户动，月傍九霄多。
不寝听金钥，因风想玉珂[3]。
明朝有封事[4]，数问夜如何。

---

1. 左省：指门下省。杜甫所任左拾遗属门下省，在宫禁东侧，故名。
2. 掖垣：禁掖的垣墙，这里指门下省。
3. 玉珂：马络头上的装饰。
4. 封事：指拾遗一类的谏官上疏之事。

晚出左掖[1]

“避人焚谏草”，写出清流官做事的谨慎。

昼刻传呼浅，[2] 春旗簇仗[3] 齐。
退朝花底散，归院[4] 柳边迷。
楼雪融城湿，宫云去殿低。
避人焚谏草，骑马欲鸡栖[5]。

---

1. 左掖：即门下省。
2. “昼刻”句：白天漏刻的传呼声不如夜间传得远。
3. 簇仗：集聚的宫廷仪仗队伍。
4. 归院：指回到门下省。
5. 鸡栖：指日暮之时。

奉和贾至舍人早朝大明宫

贾至的《早朝大明宫》在当时得到很多文士的唱和，成为一时的经典之作。

这种中规中矩的应制七律，杜甫仍然写得更有主观性。在如此严肃的场合，他仍然注意到了天上的燕雀。尾联用的典故也比别人新鲜。

五夜漏声催晓箭，九重春色醉仙桃。[1]

旌旗日暖龙蛇动，宫殿风微燕雀高。

朝罢香烟携满袖，诗成珠玉在挥毫。

欲知世掌丝纶[2]美，池上于今有凤毛[3]。

---

1. “九重”句：一种说法认为是实写宫廷内桃花红艳醉人的景象，一种说法认为是以春色醉仙桃比喻主恩优厚、近臣欣欣向荣。九重，天子居所。
2. 世掌丝纶：指贾至及其父亲两代同为中书舍人。丝纶，代指皇帝诏书。
3. 有凤毛：南朝人称赞谢灵运的孙子谢超宗继承了其父谢凤的风度，称其“殊有凤毛”。这里指贾至继承了他父亲的文才。

宣政殿退朝晚出左掖

端庄华贵的应制体七律。颔联体物入微，颈联写宫廷华贵亦力求新警，体现出杜诗的风格。

天门日射黄金榜，春殿晴曛(xūn)[1]赤羽旗。

宫草微微承委珮，炉烟细细驻游丝。

云近蓬莱常好色，雪残鳷(zhī)鹊[2]亦多时。

侍臣缓步归青琐[3]，退食[4]从容出每迟。

1. 曛：落日的余光。
2. 鳷鹊：汉武帝所筑楼观名，这里借指禁掖。
3. 青琐：装饰皇宫门窗的青色连环花纹，这里借指宫廷。
4. 退食：退朝回家就食。

紫宸殿退朝口号

宫殿之华丽，竟用春风的香气来写；“千官”之严肃，竟让花来覆盖，是诗人视角。颈联不说套话，写自己独特的发现。

户外昭容紫袖垂，双瞻御座[1]引朝仪[2]。
香飘合殿春风转，花覆千官淑景[3]移。
昼漏希闻高阁报，天颜有喜近臣知。
宫中每出归东省[4]，会送夔龙集凤池[5]。

1. 双瞻御座：分列两行，面对皇帝。
2. 朝仪：指上朝参拜的百官。
3. 淑景：日影。景，通“影”。
4. 东省：指门下省。
5. 凤池：唐代借指中书省。

题省中壁

拗体七律，杜甫在七律体裁上的探索。
颔联写出晚春白日的寂静。颈联是作者的自嘲，这个拾遗做得不尴不尬。

掖垣竹埤（pí）[1]梧十寻，洞门对霤（liù）[2]常阴阴。
落花游丝白日静，鸣鸠乳燕青春深。
腐儒衰晚谬通籍[3]，退食迟回违寸心。
衮职[4]曾无一字补，许身愧比双南金[5]。

1. 竹埤：竹屏。埤，矮墙。
2. 霤：屋檐下接水之器。
3. 通籍：指任职御史台。
4. 衮职：帝王的职事。
5. 双南金：喻指杰出的人才。

曲江二首 其一

此时漫步曲江的心情，与干谒之时和陷贼之时又不相同。
前四句写得飘逸，仍保有歌行风味。
一把年纪才当上拾遗，眼看又一个春天过去了，并没有做出什么事，心里在暗暗着急。
想想实在使不上什么劲，不如趁着日子还好过，及时行乐吧。

一片花飞减却春，风飘万点正愁人。
且看欲尽花经眼[1]，莫厌伤多酒入唇。
江上小堂巢翡翠[2]，苑边高冢卧麒麟。
细推物理[3]须行乐，何用浮名绊此身。

---

1. 经眼：过目。
2. 翡翠：水鸟。
3. 物理：事物的道理。

曲江二首　其二

这首诗将“及时行乐”敷演开写，前四句尤见潇洒。
第四句成为流传很广的警句，实际上第三句和第四句是构成流水对的。第三句写得极落拓。

朝回日日典春衣，每日江头尽醉归。

酒债寻常行处有，人生七十古来稀。

穿花蛱蝶[1]深深见，点水蜻蜓款款[2]飞。

传语风光共流转，暂时相赏莫相违。

---

1. 蛱蝶：蝴蝶。
2. 款款：缓慢飞行的样子。

曲江对酒

颔联是“当句对”，这个句法被晚唐诗人反复模仿。颈联将古文句法引入律诗对仗句。

苑外江头坐不归，水精春殿转霏微[1]。

桃花细逐杨花落，黄鸟时兼白鸟飞。

纵饮久判（pān）[2]人共弃，懒朝[3]真与世相违。

吏情更觉沧洲[4]远，老大徒伤未拂衣。

---

1. 霏微：雨雪细小的样子，这里形容醉酒之后对着水光掩映的景色感到迷离空蒙。
2. 纵饮久判：不顾一切地饮酒。判，同“拚”，豁出去、不顾惜。
3. 懒朝：懒得上朝。
4. 沧洲：隐士居所。

曲江对雨

老杜诗中的秀媚之作，颔联尤为自然。

城上春云覆苑墙，江亭晚色静年芳[1]。
林花著雨燕脂[2]湿，水荇牵风翠带长。
龙武新军[3]深驻辇，芙蓉别殿谩焚香。
何时诏此金钱会，暂醉佳人锦瑟旁。

---

1. 年芳：春景。
2. 燕脂：即胭脂，这里指颜色娇艳的花朵。
3. 龙武新军：即羽林军，这里指玄宗乘舆所在。

得舍弟消息

杜甫极重视家庭和亲情，得到了弟弟的消息，喜极而泣。

风吹紫荆树，色与春庭暮。[1]
花落辞故枝，风回返无处。[2]
骨肉恩书重，漂泊难相遇。
犹有泪成河，经天复东注。

---

1. “色与”句：：指花色和薄暮的春光一同黯淡。
2. “花落”二句：喻指兄弟分离，漂泊难遇。

题郑十八著作虔

少见的七言排律。“乱后”二句为警句。

台州地阔海冥冥，云水长和岛屿青。
乱后故人双别泪，春深逐客一浮萍。
酒酣懒舞谁相拽，诗罢能吟不复听。
第五桥东流恨水，皇陂岸北结愁亭。
贾生对鹏[1]伤王傅，苏武看羊陷贼庭。
可念此翁怀直道，也沾新国[2]用轻刑。
祢衡实恐遭江夏，方朔[3]虚传是岁星。
穷巷[4]悄然车马绝，案头干死读书萤。

---

1. 贾生对鹏：指贾谊见鹏鸟而作《鹏鸟赋序》自伤。
2. 新国：指肃宗即位的新朝。
3. 方朔：东方朔。这二句是担忧郑虔远贬。
4. 穷巷：僻远的小巷，指郑虔的居所。

义鹘(gǔ)行

这首诗写了一个有趣的故事：蛇吃了鹰的雏鸟，鹘把蛇弄死了，替鹰报了仇。杜甫把这件新鲜事记录下来，并且称赞这只鹘很有义气。

在此之前，文人诗很少有这么讲故事的，而且讲的还是在人类社会看来微不足道的动物的故事。乐府有叙事的传统，杜甫是把这个乐府传统借到古体诗里来了。但他用的语言不是乐府的，而是借鉴了史传散文的笔法。善于体物的杜甫，在这首诗里好好地过了一下瘾，把一场动物界的打斗写得跌宕起伏。

阴崖有苍鹰，养子黑柏颠[1]。

白蛇登其巢，吞噬恣朝餐。

雄飞远求食，雌者鸣辛酸。

力强不可制，黄口无半存。

其父从西归，翻身入长烟。

斯须领健鹘[2]，痛愤寄所宣。

斗[3]上捩孤影，嗷哮来九天。

修鳞脱远枝，巨颡(sǎng)[4]坼老拳。

高空得蹭蹬，短草辞蜿蜒。

1. 黑柏颠：黑森森的柏树树顶。
2. 领健鹘：带来一只雄健的鹘鸟。
3. 斗：通“陡”。
4. 巨颡：蛇的额头。

折尾能一掉[1]，饱肠皆已穿。
生虽灭众雏，死亦垂千年。
物情有报复，快意贵目前。
兹实鸷(zhì)鸟[2]最，急难心炯然。
功成失所往，用舍何其贤。
近经潏水湄，此事樵夫传。
飘萧觉素发，凛欲冲儒冠。
人生许与分，只在顾盼间。
聊为义鹘行，用激壮士肝。

1. 一掉：垂死挣扎一下。掉，摆动。
2. 鸷鸟：猛禽。

望岳

奇特的比喻。将高耸的山峰比作日常的事物，将自然的奇险转化为语词的奇险。

léng céng sǒng

西岳崚嶒[1]竦处[2]尊，诸峰罗立似儿孙。

安得仙人九节杖，拄到玉女洗头盆。

kuò

车箱入谷无归路，箭栝[3]通天有一门。

稍待西风凉冷后，高寻白帝问真源。

---

1. 崚嶒：高峻的样子。
2. 竦处：高耸之处。
3. 箭栝：箭的末端，形容路径狭长。

九日蓝田崔氏庄

参加宴会时，已经不能全身心地投入，总是在走神，有点强打精神的意味。

而这种强打精神，却是杜甫着力经营的诗趣，也是自古以来宴会诗的传统。

老去悲秋强[1]自宽，兴来今日尽君欢。

羞将短发还吹帽，笑倩[2]旁人为正冠。

蓝水远从千涧落，玉山高并两峰寒。

明年此会知谁健，醉把茱萸仔细看。

---

1. 强：勉强。
2. 倩：请。

赠卫八处士[1]

卫八处士也参与了杜甫与李白、高适同游的山东之旅，是其中最年轻的一位。当初的未婚少年，如今已经有了很大的儿子了，真是令人感慨啊。
老朋友好不容易相见，可聊的太多了，喝多少酒都不嫌多。下次再喝酒，又不知道要到什么时候了。

人生不相见，动如参与商[2]。
今夕复何夕，共此灯烛光。
少壮能几时，鬓发各已苍。
访旧半为鬼，惊呼热中肠。
焉知二十载，重上君子堂。
昔别君未婚，儿女忽成行。
怡然敬父执[3]，问我来何方。
问答乃未已，驱儿罗酒浆。
夜雨剪春韭，新炊间黄粱。

1. 处士：隐居不仕的读书人。
2. 参与商：指二十八宿中的参星和商星，二者东西相对，不会一起出现。
3. 父执：父亲的朋友。

主称会面难，一举累十觞。

十觞亦不醉，感子故意长。

明日隔山岳，世事两茫茫。

新安吏

杜甫赴华州司功参军任途中，敏锐地看到了战争给人民带来的苦难，写下了著名的“三吏”“三别”。

“三吏”“三别”取题目的方式模仿汉乐府，表示对乐府的叙事艺术和讽喻精神的致敬，但实际上不是音乐文学，是杜甫为现实中的事写的徒诗。

“吏”即基层的办事人员，身份上低于“官”，是政策的实际执行者。“三吏”写征兵过程中吏与民的矛盾，根据故事的发生地加上地名，以示区别。因为合适的兵丁已经耗尽，胥吏在现实中不得不粗暴执法，出现了很多残酷的现象。

《新安吏》中，几个被带走的男孩都很可怜。

“莫自”四句也很经典，写悲痛与绝望，写得很用力。

客行新安道，喧呼闻点兵。

借问新安吏，县小更无丁。

府帖[1]昨夜下，次选中男行。

中男绝短小，何以守王城。

肥男有母送，瘦男独伶俜。

白水暮东流，青山犹哭声。

莫自使眼枯，收汝泪纵横。

眼枯即见骨，天地终无情。

---

1. 府帖：征兵令。

我军取相州，日夕望其平。

岂意贼难料[1]，归军星散营。

就粮[2]近故垒[3]，练卒依旧京。

掘壕[4]不到水，牧马役亦轻。

况乃王师顺，抚养甚分明。

送行勿泣血，仆射如父兄。

1. 贼难料：指叛军诡诈难测。
2. 就粮：指军队到粮食多的地方解决食物问题。
3. 故垒：旧时的军营。
4. 掘壕：修筑工事，挖掘战壕。

潼关吏

这首主要写守城，在“三吏”中相对不那么残酷。

士卒何草草[1]，筑城潼关道。
大城铁不如[2]，小城万丈余。
借问潼关吏，修关还备胡。
要[3]我下马行，为我指山隅。
连云列战格[4]，飞鸟不能逾。
胡来但自守，岂复忧西都。
丈人视要处，窄狭容单车。
艰难奋长戟，万古用一夫。
哀哉桃林[5]战，百万化为鱼。
请嘱防关将，慎勿学哥舒。

1. 草草：劳苦的样子。
2. 铁不如：比铁还坚硬。
3. 要：邀请。
4. 战格：御敌的栅栏。
5. 桃林：桃林寨，在今河南灵宝西，哥舒翰曾在此大败而潼关失守。

石壕吏

胥吏长年生活在基层，跟老百姓都是乡里乡亲的，不可能不了解这家的情况。石壕吏为什么要赶着这一家抓呢？可能这家是“军户”，或类似负有兵役义务的人。他们在和平年代享受过赋税方面的优惠，在战时理应出力。如果不是战事空前惨烈，这个有三个青壮儿子的家庭，本来也不可能这么惨。

“军户”的女性理论上也负有一定的从军义务，例如为部队运送粮草等，即所谓“备晨炊”。老妇替丈夫服役，从北朝以来也不是没有先例的。木兰替父从军是这个故事的浪漫版、英雄版；石壕吏是这个故事的现实版、平民版。对于大多数没有特殊武力的普通人来说，这个故事意味着血泪。

杜甫没有被抓走，是因为他不是石壕村的人，更不是“军户”，“军书”上没有他的名字。而且他的家族世代不用服役，他本人目前也是朝廷命官，哪里的“军书”上都没有他的名字。但他也不能把老妇拦下来，因为石壕吏是在执行正常的公务，甚至，石壕吏允许老妇替夫从军，已经是法外施恩了。如果不带走老妇，就要从别人家多带走一个人，而别人家的情况也没比这家好到哪儿去。

一个生有三个儿子的家庭，最后老母亲成了最适合服兵役的人，可见战场上死了多少人；一个村里曾经的体面人家，最后落得无衣无食，可见社会经济被糟蹋成了什么样子。

暮投石壕村，有吏夜捉人。

老翁逾墙走，老妇出门看。

吏呼一何[1]怒，妇啼一何苦。

听妇前致词[2]，三男邺城戍。

---

1. 一何：多么。
2. 致词：诉说。

一男附书至，二男新战死。

存者且偷生，死者长已矣[1]。

室中更无人，惟有乳下孙。

有孙母未去，出入无完裙。

老妪(yù)[2]力虽衰，请从吏夜归。

急应河阳役，犹得备晨炊。

夜久语声绝，如闻泣幽咽。

天明登前途，独与老翁别。

---

1. 长已矣：永远完了。
2. 老妪：老妇人的自称。

新婚别

“三别”写征兵中的离别，记录了三种人生悲剧。“军户”都是有血有肉的人，谁家的生离死别都不是轻松的事。

《新婚别》写新郎在新婚当夜被抓走，新娘为之准备了多年的幸福生活就此化为泡影，年轻的她，甚至不知道明天如何独自面对公婆。她的丈夫，很可能再也不会回来了，他们的幸福只有一天。这样被时代随随便便就拆散了的一对新人，也是有着刻骨的爱情的。

兔丝附蓬麻，[1]引蔓故不长。

嫁女与征夫，不如弃路旁。

结发[2]为妻子，席不暖君床。

暮婚晨告别，无乃[3]太匆忙。

君行虽不远，守边赴河阳。

妾身未分明，何以拜姑嫜[4]。

父母养我时，日夜令我藏。

生女有所归，鸡狗亦得将[5]。

君今往死地，沉痛迫中肠。

---

1. “兔丝”句：喻指女子依附男子。
2. 结发：指古代成婚之前男女共髻束发的礼仪。
3. 无乃：恐怕。
4. 姑嫜：婆婆和公公。
5. 将：跟随。

誓欲随君去，形势反苍黄[1]。
勿为新婚念，努力事戎行。
妇人在军中，兵气[2]恐不扬。
自嗟贫家女，久致罗襦裳。
罗襦不复施，对君洗红妆。
仰视百鸟飞，大小必双翔。
人事多错迕，与君永相望。

---

1. 苍黄：同“仓皇”，指多有不便，反添麻烦。
2. 兵气：士气。

垂老别

儿子孙子都已经阵亡了，轮到拄拐的老头子上战场了。这位也曾意气风发的军户子弟，没想到自己会在这样的岁数去打仗。这一去，不管是战死还是病死，肯定是回不来的了。他咬着牙辞别老妻，支撑着一位垂老军人的尊严。

四郊未宁静，垂老不得安。
子孙阵亡尽，焉用身独完[1]。
投杖出门去，同行为辛酸。
幸有牙齿存，所悲骨髓干。
男儿既介胄(zhòu)[2]，长揖别上官。
老妻卧路啼，岁暮衣裳单。
孰知是死别，且复伤其寒。
此去必不归，还闻劝加餐。
土门壁甚坚，杏园度亦难。
势异邺城下，纵死时犹宽。
人生有离合，岂择衰老端。

---

1. 完：完好，活着。
2. 介胄：即军装。

忆昔少壮日，迟回竟长叹。
万国尽征戍，烽火被冈峦。
积尸草木腥，流血川原丹。
何乡为乐土，安敢尚盘桓。
弃绝蓬室居，塌然[1]摧肺肝。

1. 塌然：颓丧伤心的样子。

无家别

这位战士侥幸从战场上活着回来，但是家里已经没有人了。不上战场的百姓，也是很难活下来的。这么一个人，居然还要被再次征兵。他的离别倒是不那么悲伤，因为家里没人了，无牵无挂。看似轻松，实际上更悲惨。

hāo lí
寂寞天宝后，园庐但蒿藜[1]。
我里[2]百余家，世乱各东西。
存者无消息，死者为尘泥。
贱子[3]因阵败，归来寻旧蹊。
久行见空巷，日瘦气惨凄。
但对狐与狸，竖毛怒我啼。
四邻何所有，一二老寡妻。
宿鸟恋本枝，安辞且穷栖。
方春独荷锄，日暮还灌畦。
pí
县吏知我至，召令习鼓鞞[4]。
虽从本州役，内顾无所携。

---

1. 蒿藜：指杂草丛生。
2. 里：乡里。
3. 贱子：士兵的自称。
4. 鼓鞞：军中的战鼓。

近行止一身，远去终转迷。

家乡既荡尽，远近理亦齐。

永痛长病母，五年委沟溪。

生我不得力[1]，终身两酸嘶[2]。

人生无家别，何以为烝（zhēng）黎[3]。

---

1. 不得力：未得儿子奉养。
2. 酸嘶：失声痛哭。
3. 烝黎：百姓。

早秋苦热堆案相仍[1]

写在任华州司功参军期间。说是写热，其实是不想上班。之所以不想上班，是因为觉得这份工作没有意义。在这一点上，杜甫的经验倒是颇与现代人相通。

“热”这种体验，不符合传统诗歌的审美，所以很少有人写。杜甫在这种传统诗歌不写的领域多有开拓，那些看上去不那么唯美的物象，也被杜甫开发出了诗学价值。

七月六日苦炎热，对食暂餐还不能。

每愁夜中自足蝎，况乃秋后转多蝇。

束带发狂欲大叫，簿书何急来相仍。

南望青松架短壑，安得赤脚踏层冰[2]。

---

1. 堆案相仍：文书堆叠在案几上。仍，重复。
2. 层冰：厚冰。

流离陇蜀

（四十八至五十二岁）

杜甫作为现实主义诗人的个性日益显豁

秦州杂诗二十首 其一

杜甫辞官后，住在秦州，写了一组《秦州杂诗》，记录他看到的现象。五律体是较为基础的诗体，适合描绘物象。此时的杜甫，似乎返璞归真，练起了基本功。

这一组诗，有不少描绘西北山川的警句，此诗的颈联也是其中之一。

满目悲生事[1]，因人[2]作远游。

迟回[3]度陇怯，浩荡及关愁。

水落鱼龙夜，山空鸟鼠秋。

西征问烽火[4]，心折此淹留[5]。

---

1. 生事：人事，世事。
2. 因人：依靠人。
3. 迟回：低回，沉吟。
4. 问烽火：探问有无战事。
5. 淹留：久留。

秦州杂诗二十首 其七

颔联是警句。

莽莽万重山，孤城山谷间。
无风云出塞，不夜月临关。
属国[1]归何晚，楼兰斩未还。
烟尘独长望，衰飒[2]正摧颜。

1. 属国：典属国，汉代官名，掌管藩、属各国的事务，这里指出使敌国的使者。
2. 衰飒：衰败萧瑟。

秦州杂诗二十首 其十六

颔联是警句。

东柯好崖谷，不与众峰群。
落日邀双鸟，晴天养片云。
野人矜险绝[1]，水竹会平分。[2]
采药吾将老，儿童未遣闻。

---

1. 矜险绝：倚仗地势险绝，以住在险绝之地为荣。
2. “水竹”句：指作者欲卜居于此，与野人平分水竹胜景。

秦州杂诗二十首 其十九

描写西北特有的风物。

凤林戈未息，鱼海路常难。
候火[1]云烽峻，悬军幕井[2]干。
风连西极动，月过北庭寒。
故老思飞将，何时议筑坛。

---

1. 候火：伺望烽火。
2. 幕井：西北干旱，为减少井水蒸发，会在井上盖上东西，幕井即盖着的井。“幕井干”，即盖着的井也干涸了。

西枝村寻置草堂地，夜宿赞公土室二首　其二

开头四句是经典的写景句，脱胎于陶诗。

天寒鸟已归，月出人更静。
土室延白光，松门耿[1]疏影。
跻（jī）攀[2]倦日短，语乐寄夜永。
明燃林中薪，暗汲石底井。
大师京国旧，德业天机[3]秉。
从来支许[4]游，兴趣江湖迥。
数奇[5]谪关塞，道广存箕颍[6]。
何知戎马间，复接尘事屏。
幽寻岂一路，远色有诸岭。
晨光稍曚昽，更越西南顶。

---

1. 耿：清晰。
2. 跻攀：攀登。
3. 天机：天赋的悟性。
4. 支许：支遁和许询，东晋的高僧与名士。
5. 数奇：命数不好。
6. 箕颍：箕山与颍水，许由的两个隐居之处。

遣怀

颔联写情，写得重；颈联写景，写得尽。

愁眼看霜露，寒城菊自花。
天风随断柳，客泪堕清笳。
水净楼阴[1]直，山昏塞日斜。
夜来归鸟尽，啼杀后栖鸦。

---

1. 楼阴：指城楼在水中的倒影。

野望

中间两联，都是写景佳句，体物刻尽，又各有侧重。意象上承初唐传统，章法下启中晚唐山水诗法门。

清秋望不极，迢递[1]起层阴。

远水兼[2]天净，孤城隐雾深。

叶稀风更落，山迥日初沉。

独鹤归何晚，昏鸦已满林。

---

1. 迢递：远。
2. 兼：连。

日暮

此时，吐蕃对秦州虎视眈眈。这首诗写出了这种压抑、恐怖的感觉。

日落风亦起，城头乌尾讹。
黄云高未动，白水已扬波。
羌妇语还笑，胡儿行且歌。
将军别[1]换马，夜出拥雕戈。

1. 别：另外。

初月

人是要追求稳定性的。经历了这么多离乱，还有什么是不变的吗？只有这银河了吧。

光细弦岂上，影斜轮未安。
微升古塞外，已隐暮云端。
河汉不改色，关山空自寒。
庭前有白露，暗满菊花团[1]。

1. 团：通“漙”，露水很多的样子。

捣衣

“捣衣”是古乐府的传统题材，往往与美好的爱情、美丽的女性形象、浪漫的边塞想象联系在一起，而杜甫在现实中见到的“捣衣”，却是如此悲凉。

边塞不仅有建功立业，对普通士兵来说还意味着生离死别。尽管如此，士兵的妻子仍然卖力地替他们捣衣，想象着哪怕丈夫能在冥冥之中听到捣衣声也好。在残酷的现实面前，她们仍然像那些被美化的故事里一样爱着。

亦知戍不返，秋至拭清砧。
已近苦寒月，况经长别心。
宁辞捣熨倦，一寄塞垣[1]深。
用尽闺中力，君听空外音。

1. 塞垣：长城，指征夫所在的边塞。

归燕

咏物诗兴盛于南朝，盛唐诗人借用这种形式来表现主观意志，使得“托物言志”成了咏物诗的惯常写法。

不独避霜雪，其如[1]俦侣稀。

四时无失序，八月自知归。

春色岂相访，众雏还识机[2]。

故巢傥未毁，会傍主人飞。

1. 其如：奈何。
2. 识机：知晓事物发生变化的几微迹象。

萤火

这首咏物诗中的“言志”仍然显得稀薄，只是在“飘零”一点上，将作者与写作对象联系起来。前面对物象的刻画只是对“飘零”的铺叙，不能与作者的经历死板对应。这种卒章显志的手法，是从体物赋那里借来的。

幸因腐草出，[1]敢近太阳飞。
未足临书卷，时能点[2]客衣。
随风隔幔小，带雨傍林微。
十月清霜重，飘零何处归。

---

1. “幸因”句：古代传说，萤火虫是从腐烂的草中生出来的，有“腐草为萤”的成语。
2. 点：点缀，黏附。

月夜忆舍弟

亲情催生出的感人诗篇。颔联的经典意境，颈联的人生感慨，都是经典。

戍鼓断人行，秋边[1]一雁声。
露从今夜白，月是故乡明。
有弟皆分散，无家问死生。
寄书长不达，况乃未休兵。

1. 秋边：秋日的边地。

天末怀李白

杜甫终身怀念的李白。

凉风起天末，君子意如何。
鸿雁几时到，江湖秋水多[1]。
文章憎命达[2]，魑魅喜人过。
应共冤魂语，投诗赠汨罗。

1. 秋水多：喻指风波险恶。
2. 憎命达：憎恨命运通达的人。

佳人

这个“佳人”不必存在，也不必不存在。她是被战争践踏的文明的象征，也是杜甫的自我投射。

绝代有佳人，幽居在空谷。
自云良家子，零落依草木。
关中昔丧乱，兄弟遭杀戮。
官高何足论，不得收骨肉。
世情恶衰歇，万事随转烛[1]。
夫婿轻薄儿[2]，新人[3]美如玉。
合昏[4]尚知时，鸳鸯不独宿。
但见新人笑，那闻旧人哭。
在山泉水清，出山泉水浊。

1. 转烛：风中烛焰飘摇不定，喻指人情变化无常。
2. 轻薄儿：轻佻放荡之辈。
3. 新人：新娶的妻子。
4. 合昏：树名，其树叶朝开夜合。

侍婢卖珠回，牵萝补茅屋。

摘花不插发，采柏动盈掬。

天寒翠袖薄，日暮倚修竹。

梦李白二首 其一

奇幻的想象，压抑的声调。

死别已吞声[1]，生别常恻恻[2]。
江南瘴疠地，逐客[3]无消息。
故人入我梦，明我长相忆。
恐非平生魂，路远不可测。
魂来枫林青，魂返关塞黑。
今君在罗网，何以有羽翼。
落月满屋梁，犹疑照颜色[4]。
水深波浪阔，无使蛟龙得。

---

1. 吞声：无声地悲泣。
2. 恻恻：悲痛的样子。
3. 逐客：被朝廷放逐的人。
4. 颜色：指李白的容颜。

梦李白二首 其二

无论经历了多少世事变迁，李白都是杜甫心底不能割舍的友人。

浮云终日行，游子久不至。
三夜频梦君，情亲见君意。
告归常局促[1]，苦道来不易。
江湖多风波，舟楫恐失坠。
出门搔白首，苦负平生志。
冠盖满京华，斯人独憔悴。
孰云网恢恢，将老身反累[2]。
千秋万岁名，寂寞身后事。

1. 局促：不忍离去的样子。
2. 身反累：反而身陷法网。

有怀台州郑十八司户

对流放地的想象。

天台隔三江，风浪无晨暮。
郑公纵得归，老病不识路。
昔如水上鸥，今为罝（jū）[1]中兔。
性命由他人，悲辛但狂顾。
山鬼独一脚，蝮蛇长如树。
呼号傍孤城，岁月谁与度。
从来御魑魅[2]，多为才名误。
夫子嵇阮流，更被时俗恶。
海隅[3]微小吏，眼暗发垂素。
黄帽映青袍，非供折腰具。
平生一杯酒，见我故人遇。
相望无所成，乾坤莽回互。

---

1. 罝：捕兔子的网。
2. 御魑魅：指贬谪。
3. 海隅：海角。

送远

首联说得痛切，表达对亲友的痛惜。

带甲满天地，胡为[1]君远行。
亲朋尽一哭，鞍马去孤城。
草木岁月晚，关河霜雪清。
别离已昨日，因见古人情[2]。

1. 胡为：为何。
2. 古人情：古人的别离之情。

铁堂峡

描写从秦州去同谷的艰难路程。
把险峻的山形比作废弃的建筑、比作铁的颜色，更写出其险峻。

山风吹游子，缥缈乘险绝。
峡形藏堂隍[1]，壁色立积铁。
径摩穹苍蟠，石与厚地裂。
修纤无垠竹，嵌空[2]太始雪。
威迟[3]哀壑底，徒旅惨不悦。
水寒长冰横，我马骨正折。
生涯抵弧矢[4]，盗贼殊未灭。
飘蓬逾三年，回首肝肺热[5]。

---

1. 堂隍：无墙壁的殿堂台榭。
2. 嵌空：玲珑剔透的样子。
3. 威迟：迂回曲折的样子。
4. 弧矢：弓箭，喻指战争。
5. 肝肺热：形容内心焦虑。

凤凰台

据说杜甫小的时候就写过凤凰。凤凰是他的图腾，他甘愿用心和血来供奉。

亭亭凤凰台，北对西康州。

西伯今寂寞，凤声亦悠悠。

山峻路绝踪，石林气高浮。

安得万丈梯，为君上上头。

恐有无母雏，饥寒日啾啾。

我能剖心出，饮啄慰孤愁。

心以当竹实[1]，炯然无外求。

血以当醴泉，岂徒比[2]清流。

所重王者瑞，敢辞[3]微命休。

坐看彩翮（hé）[4]长，举意[5]八极周。

---

1. 竹实：竹米，传说凤凰非竹实不食。
2. 岂徒比：更胜过。
3. 敢辞：岂敢辞。
4. 翮：羽茎。
5. 举意：放怀。

自天衔瑞图[1]，飞下十二楼。

yóu

图以奉至尊，凤以垂鸿猷[2]。

再光中兴业，一洗苍生忧。

深衷正为此，群盗何淹留。

---

1. 瑞图：符命。
2. 垂鸿猷：垂盛德于后世。猷，道。

乾元中寓居同谷县作歌七首 其一

描写在同谷的艰难生活，催生出一组七古中的奇文。
第一首写自己的形象，有自怜，有自嘲。

有客有客字子美，白头乱发垂过耳。
岁拾橡栗随狙公[1]，天寒日暮山谷里。
中原无书归不得，手脚冻皴(cūn)[2]皮肉死。
呜呼一歌兮歌已哀，悲风为我从天来。

---

1. 狙公：养猴子的人。
2. 皴：皮肤干裂。

乾元中寓居同谷县作歌七首　其二

前两句叫得亲切。

长镵（chán）[1]长镵白木柄，我生托子以为命。

黄独无苗山雪盛，短衣数挽[2]不掩胫（jìng）[3]。

此时与子空归来，男呻女吟四壁静。

呜呼二歌兮歌始放，邻里为我色惆怅。

1. 长镵：类似锄头的挖土农具。
2. 数挽：不停地往下拉扯。
3. 胫：小腿。

乾元中寓居同谷县作歌七首　其三

奇肆的神仙想象，借到这里来，变成了真切的哀伤。

有弟有弟在远方，三人各瘦何人强。
生别展转[1]不相见，胡尘暗天道路长。
东飞鴐鹅后鹙鸧(qiū cāng)[2]，安得送我置汝旁。
呜呼三歌兮歌三发，汝归何处收兄骨。

---

1. 展转：即辗转，流离转徙。
2. 鹙鸧：两种水鸟。

萧八明府实处觅桃栽

在成都草堂定居了，去跟邻居打一下招呼："你家的桃花真好啊，借我一点种种吧。"

在洛阳也不觉得怎么新鲜，流落到这里，就觉得格外值得珍惜了。在院子里种种，就当是回了家了。

奉乞[1]桃栽一百根，春前为送[2]浣花村。

河阳县里虽无数，濯锦江边未满园。

1. 奉乞：敬求，是比乞求更客气的说法。
2. 为送：替我送来。

蜀相

在成都探访诸葛亮祠堂。标准的怀古诗写法，前半写景，后半咏史。

丞相祠堂何处寻，锦官城[1]外柏森森。
映阶碧草自春色[2]，隔叶黄鹂空好音。
三顾频烦[3]天下计，两朝开济[4]老臣心。
出师未捷身先死，长使英雄泪满襟。

1. 锦官城：成都的别称。
2. 自春色：自呈春色。
3. 频烦：多次烦劳。
4. 开济：创业济时。

梅雨

江边筑屋的感受。

南京犀浦道，四月熟黄梅。
黤黤长江去，冥冥细雨来。
茅茨疏易湿，云雾密难开。
竟日蛟龙喜，盘涡[1]与岸回[2]。

1. 盘涡：漩涡。
2. 回：回旋。

为农

在草堂的生活相对安定，开始写田园诗了。

锦里[1]烟尘外，江村八九家。

圆荷浮小叶，细麦落轻花。

卜宅从兹老，为农去国赊[2]。

远惭句漏令[3]，不得问丹砂。

---

1. 锦里：即成都。
2. 去国赊：远离国都长安。赊，远。
3. 句漏令：指葛洪，东晋著名道士，他曾听说交趾产丹砂而求为句漏令。

遣兴

想起分离的亲人，痛苦仍然是剧烈的。

干戈犹未定，弟妹各何之。
拭泪沾襟血，梳头满面丝。
地卑荒野大，天远暮江迟[1]。
衰疾那能久，应无见汝[2]时。

1. 迟：江水流动缓慢的样子。
2. 汝：指弟妹。

有客

有客人造访草堂。

幽栖地僻经过[1]少，老病人扶再拜难。

岂有文章惊海内，漫劳[2]车马驻江干[3]。

竟日淹留佳客坐，百年粗粝[4]腐儒餐。

不嫌野外无供给，乘兴还来看药栏[5]。

1. 经过：前来过访的人。
2. 漫劳：枉自劳累。
3. 江干：江边，江岸。
4. 粗粝：糙米。
5. 药栏：芍药的围栏，借指芍药花。

狂夫

颔联的秀媚之句，竟然出自这样一首狷狂之作。

万里桥西一草堂，百花潭水即沧浪。
风含翠筱(xiǎo)[1]娟娟静，雨裛[2]红蕖[3]冉冉[4]香。
厚禄故人书断绝，恒饥稚子色凄凉。
欲填沟壑[5]唯疏放，自笑狂夫[6]老更狂。

---

1. 翠筱：翠竹。
2. 裛：沾湿。
3. 红蕖：红色荷花。
4. 冉冉：渐进的样子，形容香气逐渐生发。
5. 填沟壑：填埋尸体于沟壑，喻指穷困而死。
6. 狂夫：杜甫自称。

江村

日常生活。

清江一曲抱村流，长夏江村事事幽。
自去自来堂上燕，相亲相近水中鸥。
老妻画纸为棋局，稚子[1]敲针作钓钩。
多病所须惟药物，微躯此外更何求。

1. 稚子：小孩，指杜甫的儿子宗文和宗武。

恨别

两联对仗，句法极为老练。

洛城一别四千里，胡骑[1]长驱五六年。
草木变衰行剑外，兵戈阻绝老江边。
思家步月清宵立，忆弟看云白日眠。
闻道河阳近乘胜[2]，司徒急为破幽燕。

---

1. 胡骑：指安史叛军。自天宝十四载（755 年）安史之乱爆发至写作此诗时已有五年多，故称“五六年”。
2. 河阳近乘胜：指上元元年（760 年）李光弼率军在河阳西渚大破史思明。

野老

“柴门”句，写南方乡下江边的住所，很生动。

野老篱前江岸回，柴门不正逐江开。
渔人网集澄潭下，贾(gǔ)客[1]船随返照来。
长路关心悲剑阁，片云何意傍琴台[2]。
王师未报收东郡，城阙秋生画角哀。

1. 贾客：商人。
2. 琴台：相传为汉代司马相如弹琴处，在成都浣花溪北。

杜鹃行

借杜鹃的传说，写对玄宗的同情。

君不见昔日蜀天子，化作杜鹃似老乌。
寄巢生子不自啄，群鸟至今与哺雏。
虽同君臣有旧礼，骨肉满眼身羁孤。
业工窜伏[1]深树里，四月五月偏号呼。
其声哀痛口流血，所诉何事常区区[2]。
尔岂摧残始发愤，羞带羽翮伤形愚。
苍天变化谁料得，万事反覆何所无。
万事反覆何所无，岂忆当殿[3]群臣趋。

1. 窜伏：躲藏。
2. 区区：形容一心一意。
3. 当殿：指高居帝位。

戏题画山水图歌

题画诗贵在想象绘画不能表现的内容。

十日画一水，五日画一石。
能事[1]不受相促迫[2]，王宰始肯留真迹。
壮哉昆仑方壶图，挂君高堂之素壁。
巴陵洞庭日本东，赤岸水与银河通，中有云气随飞龙。
舟人渔子入浦溆[3]，山木尽亚[4]洪涛风。
尤工远势古莫比，咫尺应须论万里。
焉得并州快剪刀，剪取吴松半江水。

---

1. 能事：擅长的技能。
2. 促迫：督促逼迫。
3. 浦溆：水边。
4. 亚：通“压”，低伏。

南邻

随心所欲的七律句法，意态悠闲的田园诗。

锦里先生乌角巾[1]，园收芋粟[2]未全贫。
惯看宾客儿童喜，得食阶除[3]鸟雀驯。
秋水才深四五尺，野航恰受[4]两三人。
白沙翠竹江村暮，相对柴门月色新。

1. 乌角巾：可以折叠的方角黑头巾，为隐士所戴。
2. 芋粟：芋头和小米。
3. 阶除：台阶。
4. 恰受：刚好容纳。

奉酬李都督表丈早春作

此时的五律句法却有些返老还童了。

力疾[1]坐清晓，来时悲早春。
转添愁伴客[2]，更觉老随人。
红入桃花嫩，青归柳叶新。
望乡应未已，四海尚风尘。

---

1. 力疾：勉强支撑病体。
2. 客：杜甫自称。

后游

颔联是极好的对仗。颈联开启了中晚唐山水诗的法门，但比中晚唐诗温厚。

寺忆新游处，桥怜再渡时。

江山如有待[1]，花柳更无私。

野润烟光薄，沙暄[2]日色迟。

客愁全为减，舍此复何之。

---

1. 有待：有所等待，指待人重游。
2. 暄：暖。

漫成二首 其二

生活中的琐细诗意。

江皋[1]已仲春[2]，花下复清晨。
仰面贪看鸟，回头错应人。
读书难字过，对酒满壶频。
近识峨眉老，知余懒是真。

---

1. 江皋：江岸，江边。
2. 仲春：农历二月。

客至

前四句用典圆融，写得清高；后四句写眼前实景，写得新鲜。朴实中见风骨。

舍南舍北皆春水，但见群鸥日日来。
花径不曾缘客扫，蓬门今始为君开。
盘飧市远无兼味[1]，樽酒家贫只旧醅(pēi)[2]。
肯与邻翁相对饮，隔篱呼取[3]尽余杯。

1. 兼味：重味，指两种以上的菜。
2. 旧醅：隔年陈酒。
3. 呼取：唤来，叫来。

绝句漫兴[1]九首　其四

杜甫的绝句，与李白、王昌龄的歌行体绝句大不相同，是用古诗咏怀的笔法，用短小的片段记录所见所感。同是七言四句，杜甫的这种“漫兴”绝句几乎是另一种文体，被后来的文人普遍用来记录自己的生活。

短短的四句，要神完气足，需要是一个完整的作品；又要有“警句”，让人相信这首诗值得被记住。这不是一件容易的事。

杜甫的七绝，还有很多用对仗作结，这是歌行体留下的痕迹。

二月已破三月来，渐老逢春能几回。

莫思身外无穷事，且尽生前有限杯。

1. 漫兴：指不刻意求工而率意为诗。

绝句漫兴九首　其五

后两句调侃柳絮和桃花，很生动。绝句是小诗，不必求之过深。

肠断春江欲尽头，杖藜（lí）[1]徐步立芳洲[2]。
颠狂柳絮随风去，轻薄桃花逐水流。

1. 杖藜：拄着拐杖行走。
2. 芳洲：芳草丛生的水中洲陆。

绝句漫兴九首　其六

佳境。

懒慢[1]无堪[2]不出村，呼儿日在掩柴门。
苍苔浊酒林中静，碧水春风野外昏。

1. 懒慢：懒惰散漫。
2. 无堪：不堪。

绝句漫兴九首 其七

新奇的比喻，透露出成熟诗人的心态。这样的审美，已经开启了宋诗的风调。

sǎn
糁[1]径杨花铺白毡，点溪荷叶叠青钱。

笋根稚子无人见，沙上凫雏傍母眠。

1. 糁：飘散。

春夜喜雨

颔联只是写春雨的情，却很容易让人联想到别的情，这是写情的高境界。“黑”与“明”的对比，是很好的画面。这样的布置，有厚重感。

好雨知时节，当春乃发生。
随风潜[1]入夜，润物细无声。
野径云俱黑，江船火独明。
晓看红湿处，花重[2]锦官城。

1. 潜：悄悄。
2. 花重：指花被雨沾湿而加重。

江上值水如海势，聊短述[1]

作诗的经验，值得学诗人好好琢磨。

为人性僻耽佳句，语不惊人死不休。

老去诗篇浑漫兴，春来花鸟莫深愁。

新添水槛供垂钓，故著浮槎(chá)[2]替入舟。

焉得思如陶谢手，令渠[3]述作[4]与同游。

1. 聊短述：聊作短诗。
2. 槎：木筏。
3. 渠：他们，指陶谢，即陶渊明和谢灵运。
4. 述作：指作诗。

江亭

颔联是名句，不过后来被滥用到有些俗了。
唐人的风骨，都有六朝的源头。

坦腹[1]江亭暖，长吟野望时。
水流心不竞[2]，云在意俱迟[3]。
寂寂春将晚，欣欣物自私[4]。
故林归未得，排闷强裁诗[5]。

1. 坦腹：露腹而卧。
2. 竞：逐，竞逐。
3. 迟：缓，舒缓。
4. 自私：各自实现自己的本性。
5. 裁诗：作诗。

落日

首联入韵，突然而起。
颈联体物，也是宋调。

落日在帘钩，溪边春事幽。
芳菲缘[1]岸圃，樵爨(cuàn)[2]倚滩舟。
啅(zhào)雀[3]争枝坠，飞虫满院游。
浊醪(láo)[4]谁造汝，一酌散千忧。

---

1. 缘：沿着。
2. 樵爨：柴灶。
3. 啅雀：聒噪的鸟雀。啅，鸟鸣。
4. 浊醪：浊酒。

可惜

新奇的所思所感。

花飞有底[1]急，老去愿春迟。
可惜欢娱地，都非少壮时。
宽心应是酒，遣兴莫过诗。
此意陶潜解，吾生后汝期。

---

1. 底：何，何事。

独酌

颔联体物名句。

jù
步屦[1]深林晚，开樽独酌迟。
仰蜂黏落絮，行蚁上枯梨。
薄劣[2]惭真隐，幽偏得自怡。
本无轩冕[3]意，不是傲当时。

1. 步屦：步行，散步。
2. 薄劣：才薄艺劣，这是杜甫自谦的说法，也是激愤之语。
3. 轩冕：卿大夫的轩车与冕服，代指官位爵禄。

琴台

在成都登临司马相如旧迹，写到卓文君，连老杜的文字也多了几分艳丽。颔联既唯美又沧桑，颈联联想新奇。

茂陵[1]多病后，尚爱卓文君。
酒肆人间世，琴台日暮云。
野花留宝靥(yè)[2]，蔓草见罗裙。
归凤求凰[3]意，寥寥不复闻。

1. 茂陵：司马相如晚年居所。
2. 宝靥：即花钿，古代妇女贴在脸上的花形饰物。
3. 凤求凰：司马相如所作《琴歌》有“凤兮凤兮归故乡，遨游四海求其凰”之语。

水槛遣心二首 其一

中间二联为写景名句，雕而不碎，清而不寒。

去郭轩楹[1]敞，无村眺望赊。
澄江平少岸，幽树晚多花。
细雨鱼儿出，微风燕子斜。
城中十万户，此地两三家。

---

1. 轩楹：指廊间。

进艇[1]

与爱妻划船消闲的幸福时光。

南京[2]久客耕南亩，北望伤神坐北窗。
昼引老妻乘小艇，晴看稚子浴清江。
俱飞蛱蝶元相逐，并蒂芙蓉本自双。
茗饮蔗浆携所有，瓷罂[3]无谢[4]玉为缸。

---

1. 进艇：划船。
2. 南京：指成都。
3. 瓷罂：小口大腹的瓷瓶。
4. 无谢：不让，不逊色。

茅屋为秋风所破歌

名作。其实并不是卖惨，而是在自嘲，甚至有些调侃。调侃的背后，则是悲凉的基调。

杜甫作为卓越的诗人，过于敏感了，致使天下寒士的悲哀都压在了他一人身上。

八月秋高风怒号，卷我屋上三重茅。
juàn
茅飞度江洒江郊，高者挂罥[1]长林梢，
ào
下者飘转沉塘坳[2]。南村群童欺我老无力，
忍能对面为盗贼。公然抱茅入竹去，
唇焦口燥呼不得[3]，归来倚杖自叹息。
俄顷风定云墨色，秋天漠漠向昏黑。
布衾多年冷似铁，骄儿恶卧[4]踏里裂[5]。
床头屋漏无干处，雨脚如麻未断绝。
自经丧乱少睡眠，长夜沾湿何由彻。
安得广厦千万间，大庇天下寒士俱欢颜，

---

1. 挂罥：悬挂。
2. 沉塘坳：池塘深处。沉，深。
3. 呼不得：喝止不住。
4. 恶卧：睡相不好。
5. 踏里裂：把被里蹬破。

风雨不动安如山。呜呼！

何时眼前突兀见此屋，吾庐独破受冻死亦足。

百忧集行

在这首诗里，我们可以看到少年杜甫的幸福与活泼。
自己小时候的好日子，自己的孩子却没有过上，这是多么令人悲哀的事。

忆年十五心尚孩[1]，健如黄犊走复来[2]。
庭前八月梨枣熟，一日上树能千回。
即今倏忽已五十，坐卧只多少行立。
强将笑语供主人，悲见生涯百忧集。
入门依旧四壁空，老妻睹我颜色同[3]。
痴儿未知父子礼，叫怒索饭[4]啼门东。

1. 心尚孩：指童心未泯。
2. 走复来：跑来跑去。
3. 颜色同：神色同样是愁容满面。
4. 索饭：要饭吃。

戏作花卿歌

这首诗给人的刺激很强，据说可以用来治疗疟疾，开启了中唐以后怪奇诗风的法门。

成都猛将有花卿[1]，学语小儿知姓名。
用如快鹘风火生，见贼唯多身始轻。
绵州副使著柘(zhè)黄[2]，我卿扫除即日平。
子章髑髅血模糊，手提掷还崔大夫。
李侯重有此节度，人道我卿绝世无。
既称绝世无，天子何不唤取守京都。

1. 花卿：即花惊定，西川节度使崔光远的部将，曾平定段子璋之乱，恃功骄横，劫掠东川。
2. 柘黄：柘木汁染成的赤黄色，隋唐以来为帝王服色，这里指绵州副使段子璋称王，僭用天子服色。

赠花卿

奇特的称赞角度。也有人说是在讽刺奢靡过度。

锦城丝管日纷纷，半入江风半入云。

此曲只应天上有，人间能得几回闻。

病柏

被乡民奉为神明的古柏，在老诗人的眼中，却是这样衰颓无奈，有点像盛极一时却风雨飘摇的大唐。也许，一切都有衰败的那一天吧。

有柏生崇冈，童童[1]状车盖。

偃蹇[2]龙虎姿，主当风云会。

神明依正直，故老多再拜。

岂知千年根，中路颜色坏。

出非不得地，蟠据亦高大。

岁寒忽无凭，日夜柯叶改。

丹凤领九雏，哀鸣翔其外。

鸱鸮(xiāo)[3]志意满，养子穿穴内。

客从何乡来，伫立久吁怪。

静求元精[4]理，浩荡难倚赖。

---

1. 童童：树荫下垂的样子。
2. 偃蹇：屈曲貌。
3. 鸱鸮：鸟名，旧说为恶鸟。
4. 元精：天地的精气。

不见

杜甫怀念李白的时候，李白并不是所有人膜拜的大诗人，而是人人唾骂的叛贼。尽管如此，杜甫还是相信自己的判断。
颈联写李白的飘零，也写得如此潇洒。

不见李生[1]久，佯狂真可哀。
世人皆欲杀，吾意独怜才。
敏捷诗千首，飘零酒一杯。
匡山读书处，头白好归来。

1. 李生：指李白。

草堂即事

体物生动。首联的借对巧妙风趣。

荒村建子月[1]，独树老夫家。
雾里江船渡，风前径竹斜。
寒鱼依密藻，宿鹭起圆沙。
蜀酒禁愁得[2]，无钱何处赊。

1. 建子月：即农历十一月。
2. 禁愁得：可以消愁。

送韩十四江东觐(jìn)省[1]

颈联为名句。在极度的绝望中，写了两句景，以我观物，物我皆着我之色彩。

兵戈不见老莱衣[2]，叹息人间万事非。
我已无家寻弟妹，君今何处访庭闱[3]。
黄牛峡静滩声转，白马江寒树影稀。
此别应须各努力，故乡犹恐未同归。

---

1. 觐省：探望父母。
2. 老莱衣：相传老莱子孝养双亲，七十岁时也常穿彩衣娱乐父母。
3. 庭闱：内舍，多为父母居所，这里借指父母。

陪李七司马皂江上观造竹桥，即日成，往来之人免冬寒入水，聊题短作，简李公二首 其一

平凡的题材，写得一本正经。游戏之笔，驰骋才学。

伐竹为桥结构同，褰(qiān)裳[1]不涉往来通。
天寒白鹤归华表，日落青龙见水中。
顾我老非题柱客，知君才是济川[2]功。
合欢却笑千年事，驱石何时到海东。

---

1. 褰裳：撩起衣裳。
2. 济川：渡河。

江畔独步寻花七绝句　其六

轻快可诵。

黄四娘家花满蹊[1]，千朵万朵压枝低。

留连戏蝶时时舞，自在娇莺恰恰[2]啼。

1. 蹊：小路。
2. 恰恰：拟声词，莺啼声。

江头五咏·花鸭

体物中见物情，调侃中见寄寓。

花鸭无泥滓[1]，阶前每缓行。
羽毛知独立，黑白太分明。
不觉群心妒，休牵众眼惊。
稻粱沾汝在，作意莫先鸣。

---

1. 泥滓：泥渣。

屏迹三首 其三

颔联写景，是很好的发现。颈联写情，开晚唐风调。

晚起家何事，无营地转幽。
竹光团野色，舍影漾江流。
失学从[1]儿懒，长贫任妇愁。
百年浑得醉，一月不梳头。

1. 从：听任，任凭。

戏为六绝句 其一

以诗论诗，是杜甫的创造。能够用来评论文学，是文体成熟的一个标志。庾信是魏晋南北朝文学之集大成者，在一些玩弄技巧的盛唐文人看来，庾信似乎写得过于笨拙，有点过时了。其实，庾信的文学功底是真金白银，哪里是那些文人比得上的。

庾信文章老更成，凌云健笔意纵横。

今人嗤点[1]流传赋，不觉前贤[2]畏后生。

1. 嗤点：嗤笑指点。
2. 前贤：指庾信。

戏为六绝句 其二

“初唐四杰”也代表了诗学发展的一个阶段。他们代表了基层文官阶层的审美，也难免被一些惯说大话的“复古派”看不上。但没有他们，唐诗还停留在上官仪的台阁体，哪里会有这些复古派？
此诗的后两句，也可以拿到别的地方去用。

王杨卢骆[1]当时体[2]，轻薄[3]为文哂[4]未休。
尔曹[5]身与名俱灭，不废江河万古流。

---

1. 王杨卢骆：指“初唐四杰”王勃、杨炯、卢照邻、骆宾王。
2. 体：体裁。
3. 轻薄：指轻薄之人。
4. 哂：笑。
5. 尔曹：你们，是一种不客气的说法。

戏为六绝句 其三

这首诗的意思，历代的诗家有不同的解读。什么叫“劣于汉魏近风骚”？难道潜在意思是说，《诗经》《楚辞》还不如汉魏诗吗？

其实，这么理解也不是不可以，毕竟“后出转精”嘛。“风骚”更质朴，而“汉魏”更成熟。四杰相当于唐诗的“风骚”，而唐诗的“汉魏”还没有到来。

当然，也可以有不同甚至相反的理解，见仁见智。

纵使卢王操翰墨，劣于汉魏近风骚。
龙文虎脊[1]皆君驭，历块过都[2]见尔曹。

1. 龙文虎脊：龙文和虎脊都是名马，喻指“初唐四杰”。
2. 历块过都：越过一个国都像越过一块土块一样，这里喻指四杰的创作。

戏为六绝句 其四

学诗常有这个问题，只看到了经典的小技巧，没有看到大长处。

才力应难夸数公[1]，凡今谁是出群雄。
或看翡翠兰苕[2]上，未掣鲸鱼[3]碧海中。

1. 数公：指庾信和“初唐四杰”等人。
2. 翡翠兰苕：翡翠，鸟名。兰苕，香草。
3. 鲸鱼：指大鱼。

戏为六绝句 其五

齐梁也不是不好，但是唐人没有必要接着齐梁往下写，完全可以抛开他们，照着屈、宋的样子写诗。

不薄今人爱古人，清词丽句必为邻。
窃攀屈宋[1]宜方驾[2]，恐与齐梁作后尘。

1. 屈宋：指屈原和宋玉。
2. 方驾：并驾齐驱。

戏为六绝句 其六

诗学在发展的过程中，难免产生远离了本旨的信息。没用的就不要学，不管他说得多么好听。好的就拿来学，不管是哪一家的。

未及前贤更勿疑，递相祖述[1]复先谁。

别裁[2]伪体[3]亲风雅，转益多师是汝[4]师。

1. 递相祖述：指前贤各有师承、广泛学习。祖述，效法、仿效。这一句是说轻薄之人才对前贤妄加嗤点、分出前后。
2. 别裁：区别，裁汰。
3. 伪体：指内容与风雅传统相悖的诗作。
4. 汝：即前诗所谓“尔曹”。

野人送朱樱

樱桃本是皇帝赏赐文臣的珍品，杜甫做拾遗，可能还没来得及享受到这个福利。没想到，流落到这偏僻之地，竟然吃到了樱桃，是附近的老乡好心送来的，一送就是一大篮。这可值得认真写一写了。

这时候吃到樱桃，别是一番滋味。

西蜀樱桃也自红，野人[1]相赠满筠笼[2]。

数回细写愁仍破，万颗匀圆讶许同。

忆昨赐沾门下省，退朝擎出大明宫。

金盘玉箸无消息，此日尝新任转蓬[3]。

1. 野人：乡野之人。
2. 筠笼：竹笼。
3. 转蓬：飘转的蓬草，比喻漂泊无定的生活境况。

严公[1]仲夏枉驾草堂兼携酒馔

颔联是客气话，颈联好境。

竹里行厨洗玉盘，花边立马簇金鞍。
非关使者征求[2]急，自识将军礼数宽。
百年地辟柴门迥，五月江深草阁寒。
看弄渔舟移白日，老农[3]何有罄(qìng)[4]交欢。

1. 严公：即严武。
2. 征求：征聘，召辟。
3. 老农：杜甫自称。
4. 罄：尽。

观打鱼歌

用七古记录现实中的风土人情，拓展了七古的功能。
以“歌”为名，却只继承了乐府民歌的纪实精神，并不袭用乐府语言，而是创造了独具特色的七古语体，将平凡的打鱼过程写得华美浪漫。

绵州江水之东津，鲂鱼鱍(bō)鱍[1]色胜银。
渔人漾舟[2]沉大网，截江一拥数百鳞。
众鱼常才尽却弃，赤鲤腾出如有神。
潜龙无声老蛟怒，回风飒飒吹沙尘。
饔(yōng)子[3]左右挥双刀，脍飞金盘白雪高。
徐州秃尾不足忆，汉阴槎头[4]远遁逃。
鲂鱼肥美知第一，既饱欢娱亦萧瑟。
君不见朝来割素鬐(qí)[5]，咫尺波涛永相失。

---

1. 鱍鱍：鱼甩尾跃起的样子。
2. 漾舟：摇船。
3. 饔子：厨师。
4. 槎头：鱼名。
5. 割素鬐：指杀鱼。

苦战行

歌行体，以独具特色的语言歌咏现实中的人物，与齐梁式歌行有了很大区别。

苦战身死马将军，自云伏波[1]之子孙。
干戈未定失壮士，使我叹恨伤精魂。
去年江南讨狂贼，临江把臂难再得。
别时孤云今不飞，时独看云泪横臆[2]。

1. 伏波：指东汉伏波将军马援。
2. 臆：胸。

题玄武禅师屋壁

端庄的五律，以静态的画面为题材，却写得起伏飞动，充满奇幻色彩。草堂时代，杜甫的各种诗体，都呈现出求奇的倾向。

何年顾虎头[1]，满壁画瀛州。
赤日石林气，青天江海流。
锡飞常近鹤，[2]杯渡[3]不惊鸥。
似得庐山路，真随惠远游。

---

1. 顾虎头：指东晋画家顾恺之，小字虎头。
2. “锡飞”句：这里用梁武帝时僧人宝志与白鹤道人用锡杖和白鹤标记隐居之地的典故。
3. 杯渡：晋宋间高僧，常乘木杯渡水，故名。

闻官军收河南河北

归家有望，欣喜异常。杜甫很少写这样纯粹的快乐，这首诗被称为“老杜平生第一快诗”。

诗的情绪很快乐，诗的节奏很轻快。

诗的形式也很有特色，尾联也是对仗。颔联是流水对，颈联是借对，尾联是当句对，变化多端，仿佛可以见出诗人此时手舞足蹈、“漫卷诗书”、欣喜若狂的意态。

可惜，希望是渺茫的，欢乐是短暂的，杜甫最终也没能回到北方。

剑外忽传收蓟北，初闻涕泪满衣裳。
却看[1]妻子愁何在，漫卷[2]诗书喜欲狂。
白日放歌须纵酒，青春[3]作伴好还乡。
即从巴峡穿巫峡，便下襄阳向洛阳。

---

1. 却看：回头看，回望。
2. 漫卷：胡乱卷起。
3. 青春：春天。

冬到金华山观因得故拾遗陈公[1]学堂遗迹

将山景写得崇高壮美。

涪右众山内，金华紫崔嵬[2]。
上有蔚蓝天，垂光抱琼台。
系舟接绝壁，杖策穷萦回[3]。
四顾俯层巅，淡然[4]川谷开。
雪岭日色死，霜鸿有余哀。
焚香玉女[5]跪，雾里仙人[6]来。
陈公读书堂，石柱仄青苔。
悲风为我起，激烈伤雄才[7]。

---

1. 拾遗陈公：指陈子昂。
2. 崔嵬：高耸的样子。
3. 萦回：旋转绕折。
4. 淡然：豁然开朗。
5. 玉女：指金华观中的焚香女子。
6. 仙人：指来金华山访道的人。
7. 雄才：借指陈子昂。

通泉驿南去通泉县十五里山水作

“冬温”二句很写实，“山色”二句很唯美，都是观察入微的成果。

溪行衣自湿，亭午气始散。
冬温蚊蚋(ruì)[1]在，人远凫鸭乱。
登顿[2]生曾阴，欹倾[3]出高岸。
驿楼衰柳侧，县郭轻烟畔。
一川何绮丽，尽目穷壮观。
山色远寂寞，江光夕滋漫。
伤时愧孔父，去国同王粲。
我生苦飘零，所历有嗟叹。

---

1. 蚊蚋：蚊子之类的小飞虫。
2. 登顿：登登停停。
3. 欹倾：倾斜。

春日梓州登楼二首　其一

又是一年春天了，连鼓声都带上了春意。已经老去的我，什么时候才可以回家呢？

行路难如此，登楼望欲迷。
身无却[1]少壮，迹有但羁栖[2]。
江水流城郭，春风入鼓鞞。
双双新燕子，依旧已衔泥。

1. 却：再，还。
2. 羁栖：淹留客居他乡。

qī
郪城[1]西原送李判官兄、武判官弟赴成都府

虚字的运用，很有杜诗的特点。

凭高送所亲，久坐惜芳辰。

远水非无浪，他山自有春。

野花随处发，官柳著行[2]新。

天际伤愁别，离筵何太频。

1. 郪城：今四川三台县。
2. 著行：排列成行。

涪城县香积寺官阁

颔联为七律佳句。

寺下春江深不流，山腰官阁迥添愁。
含风翠壁孤云细，背日丹枫万木稠。
小院回廊春寂寂，浴凫飞鹭晚悠悠。
诸天[1]合在藤萝外，昏黑应须到上头[2]。

1. 诸天：佛教中三界共有三十二天，总称诸天。
2. 上头：指山顶的香积寺。

登牛头山亭子

描写杜甫此时身处的环境。

路出双林[1]外，亭窥万井[2]中。
江城孤照日，春谷远含风。
兵革身将老，关河信不通。
犹残数行泪，忍[3]对百花丛。

1. 双林：佛教中借指寺院，这里指牛头寺。
2. 万井：众多人家。
3. 忍：岂忍，不忍。

又呈窦使君

颔联发现了事物之间的奇妙联系。

向晚微波绿，连空岸脚青。
日兼春有暮，愁与醉无醒。
漂泊犹杯酒，踌躇此驿亭[1]。
相看万里外，同是一浮萍。

1. 驿亭：驿站所设供行旅休息的地方。

官池春雁二首 其一

我也要吃粮食，我也想飞回家去，我跟这大雁一样无奈。

自古稻粱多不足，至今鸂鶒（xī chì）[1]乱为群。

且休怅望看春水，更恐归飞隔暮云。

1. 鸂鶒：一种水鸟，好并游，俗称紫鸳鸯。

陪章留后侍御宴南楼

杜甫写五言排律的本事是从杜审言那里继承下来的。排律要写好很不容易，物象、句法都要丰富。这首诗可以作为排律写作的一个典范。

绝域[1]长夏晚，兹楼清宴同。
朝廷烧栈北，鼓角漏天东。
屡食将军第，仍骑御史骢。
本无丹灶术[2]，那免白头翁。
寇盗狂歌外，形骸痛饮中。
野云低渡水，檐雨细随风。
出号[3]江城黑，题诗蜡炬红。
此身醒复醉，不拟哭途穷。

1. 绝域：极远之地，这里指梓州。
2. 丹灶术：道士炼丹之术。
3. 出号：发出号令。

对雨

自己在雨中的蜀道艰难跋涉，却还在为唐军担忧。

莽莽天涯雨，江边独立时。
不愁巴道路，恐湿汉旌旗[1]。
雪岭防秋[2]急，绳桥战胜迟。
西戎甥舅[3]礼，未敢背恩私。

1. 汉旌旗：指唐军旗帜。
2. 防秋：古代北方在秋天多有战事，届时边军特别加强警卫，称为“防秋”。
3. 西戎甥舅：西戎，指吐蕃。甥舅，文成公主和亲后吐蕃尊唐帝为舅。

将适吴楚，留别章使君留后兼幕府诸公，得柳字

初盛唐的古体诗，大多用于酬赠。到杜甫这里，句法已极为成熟。

我来入蜀门，岁月亦已久。
岂惟长儿童，自觉成老丑。
常恐性坦率，失身为杯酒。
近辞痛饮徒，折节[1]万夫后。
昔如纵壑鱼，今如丧家狗。
既无游方[2]恋，行止复何有。
相逢半新故，取别随薄厚。
不意青草湖，扁舟落吾手。
眷眷[3]章梓州，开筵俯高柳。
楼前出骑马，帐下罗宾友。
健儿簸红旗，此乐或难朽。
日车隐昆仑，鸟雀噪户牖。

1. 折节：指改变平素的志行。
2. 游方：游于方内，指在尘世之中。
3. 眷眷：依恋的样子。

波涛未足畏，三峡徒雷吼。

所忧盗贼多，重见衣冠走。

中原消息断，黄屋[1]今安否。

终作适荆蛮，安排用庄叟。

随云拜东皇，挂席上南斗。

有使即寄书，无使长回首。

1. 黄屋：古代帝王专用的黄缯车盖，因此也用来借指皇帝，这里指唐代宗。

漂泊终老

（五十三至五十九岁）

杜甫在他走过的每一个路口都留下了记号，这些记号都成为后人探索的新起点

宿府

住在严武的幕府中所作。幕府的生活，还是让杜甫觉得有些疏离。颔联的句法非常特殊。

清秋幕府井梧寒，独宿江城蜡炬残。
永夜角声悲自语，中天月色好谁看。
风尘荏苒[1]音书绝，关塞萧条行路难。
已忍伶俜[2]十年事，强移栖息一枝安。

---

1. 风尘荏苒：指战事连绵。
2. 伶俜：孤苦。

伤春五首 其一

兵气与春光，残酷的对比。
每个人都伤春，但杜甫以“伤春”为题的诗，反而与一般的伤春原因不同，因而气象不同。

天下兵虽满，春光日自浓。
西京疲百战，[1] 北阙任群凶。
关塞三千里，烟花一万重。
蒙尘[2] 清路急，御宿且谁供。
殷复前王道，周迁旧国容。[3]
蓬莱足云气，应合总从龙。

1. “西京”句：指“安史之乱”中长安屡次陷落。
2. 蒙尘：指皇帝出逃在外。
3. “殷复”二句：这里是用殷高宗、周平王中兴的典故表达对唐朝恢复强盛的期望。

忆昔二首 其二

杜甫是见证过唐王朝的好日子的，如今身陷困苦，抚今思昔，感慨万千。

忆昔开元全盛日，小邑犹藏万家室。
稻米流脂粟米白，公私仓廪（lǐn）[1]俱丰实。
九州道路无豺虎[2]，远行不劳吉日出。
齐纨鲁缟车班班[3]，男耕女桑不相失。
宫中圣人奏云门[4]，天下朋友皆胶漆。
百余年间未灾变，叔孙[5]礼乐萧何律。
岂闻一绢直万钱，有田种谷今流血。
洛阳宫殿烧焚尽，宗庙新除狐兔穴。

---

1. 仓廪：粮仓。藏谷称仓，藏米称廪。
2. 豺虎：喻指强盗。
3. 班班：络绎不绝的样子。
4. 圣人奏云门：指皇帝修明礼乐。
5. 叔孙：指叔孙通，汉初博士，为汉朝制定了各种礼仪制度。

qí

伤心不忍问耆旧[1]，复恐初从乱离说。

小臣鲁钝无所能，朝廷记识蒙禄秩[2]。

周宣中兴望我皇，洒泪江汉身衰疾。

---

1. 耆旧：年老望重的人。
2. 禄秩：禄，俸禄。秩，官职。

将赴成都草堂，途中有作，先寄严郑公五首 其三

萧散洒脱的笔调，又开创了七律的一种风格。这种风格是后来的白居易、苏轼喜欢学习的。

竹寒沙碧浣花溪，菱刺藤梢咫尺迷。
过客径须[1]愁出入，居人不自解东西。
书签药裹[2]封蛛网，野店山桥送马蹄。
岂藉荒庭春草色，先判一饮醉如泥。

1. 径须：直须，应当。
2. 药裹：药囊。

破船

泛舟江海本来是士人浪漫的理想，没想到现在，为了求生，杜甫竟要整日坐在船上漂流了。他自然会比从来就坐船讨生活的人想得多些。没想到，他最终老死在了船上。

平生江海心[1]，宿昔[2]具扁舟。
岂惟青溪上，日傍柴门游。
苍皇避乱兵，缅邈[3]怀旧丘。
邻人亦已非，野竹独修修。
船舷不重扣，埋没已经秋。
仰看西飞翼，下愧东逝流。
故者或可掘，新者亦易求。
所悲数奔窜[4]，白屋[5]难久留。

1. 江海心：漫游江海的志向，喻指隐居的意愿。
2. 宿昔：往日。
3. 缅邈：久远，遥远。
4. 奔窜：流亡逃难。
5. 白屋：指不施彩饰的房屋，一般为平民所居。

登楼

晚年的杜甫，每次登楼，就会想起王粲的《登楼赋》。一样的文人，一样的乱世。“登高能赋，可以为大夫”，总是要为后人留下点什么。

花近高楼伤客心，万方多难此登临。

锦江春色来天地，玉垒浮云变古今。

北极[1]朝廷终不改，西山寇盗[2]莫相侵。

可怜后主还祠庙，日暮聊为《梁甫吟》。

---

1. 北极：即北极星，喻指帝王。
2. 寇盗：指吐蕃。

绝句二首 其一

草堂时代常见的温馨之作。两组对仗都很精致。

迟日[1]江山丽，春风花草香。
泥融飞燕子，沙暖睡鸳鸯。

1. 迟日：春日。

绝句二首 其二

前两句对仗，给人留下深刻的视觉印象。

江碧鸟逾[1]白，山青花欲燃。
今春看又过，何日是归年。

1. 逾：更加。

绝句四首 其三

一句写一个场景。

两个黄鹂鸣翠柳，一行白鹭上青天。
窗含西岭[1]千秋雪，门泊东吴万里船。

---

1. 西岭：在成都草堂，向西可望见雪山。

严郑公宅同咏竹

咏物中见闲适。

绿竹半含箨（tuò）[1]，新梢才出墙。
色侵书帙（zhì）[2]晚，阴过酒樽凉。
雨洗娟娟[3]净，风吹细细香。
但令无剪伐，会见拂云长。

---

1. 箨：竹皮。
2. 书帙：书套。
3. 娟娟：美好的样子。

丹青引赠曹将军霸

杜甫七古中气韵飞动的名作。

将军魏武[1]之子孙，于今为庶为清门[2]。
英雄割据虽已矣，文彩风流犹尚存。
学书初学卫夫人[3]，但恨无过王右军[4]。
丹青不知老将至，富贵于我如浮云。
开元之中常引见，承恩数上南薰殿。
凌烟功臣少颜色，将军下笔开生面。
良相头上进贤冠，猛将腰间大羽箭。
褒公鄂公[5]毛发动，英姿飒爽来酣战。
先帝天马玉花骢，画工如山貌不同。

---

1. 魏武：魏武帝曹操。
2. 清门：清白无官职的士人家庭。
3. 卫夫人：东晋书法家卫铄，王羲之曾向她学习书法。
4. 王右军：即王羲之，他官至右军将军。
5. 褒公鄂公：指段志玄和尉迟敬德，二人封褒国公和鄂国公，都位列凌烟阁功臣画像中。

chí　　　　chāng hé
是日牵来赤墀[1]下，迥立[2]阊阖[3]生长风。
诏谓将军拂绢素，意匠惨淡经营[4]中。
斯须九重真龙出，一洗万古凡马空。
玉花却在御榻上，榻上庭前屹相向。
yǔ
至尊含笑催赐金，圉人[5]太仆皆惆怅。
弟子韩干早入室，亦能画马穷殊相。
干惟画肉不画骨，忍使骅骝气凋丧。
将军画善盖有神，必逢佳士亦写真。
即今飘泊干戈际，屡貌寻常行路人。
途穷反遭俗眼白，世上未有如公贫。
lǎn
但看古来盛名下，终日坎壈[6]缠其身。

1. 赤墀：宫殿台阶，因涂成红色，故名。
2. 迥立：昂然挺立。
3. 阊阖：宫门。
4. 惨淡经营：作画苦心构思。
5. 圉人：养马人。
6. 坎壈：困顿失意。

三韵三篇 其一

三韵诗是一种特殊体式，此诗是古体三韵诗，模仿汉魏谣谚。短暂的入幕生涯，似乎令杜甫感到某种屈辱。

高马勿唾面，长鱼无损鳞。
辱马马毛焦[1]，困鱼鱼有神。
君看磊落[2]士，不肯易其身[3]。

1. 马毛焦：马有病而毛色枯焦。
2. 磊落：形容胸怀坦荡、洒脱不拘。
3. 易其身：指改变志向、信仰。

禹庙

句法古拙而意境神秘。

禹庙空山里，秋风落日斜。
荒庭垂橘柚，古屋画龙蛇。[1]
云气生虚壁，江声走白沙。
早知乘四载，疏凿[2]控三巴。

---

1. “古屋”句：指禹庙中的壁画。
2. 疏凿：指禹疏凿三峡。

题忠州龙兴寺所居院壁

颔联写出偏僻小城的特点。

忠州三峡内，井邑聚云根[1]。
小市常争米，孤城早闭门。
空看过客泪，莫觅主人恩。
淹泊仍愁虎，深居赖独园[2]。

1. 云根：深山云生之处。
2. 独园：祇树给孤独园的简称，释迦牟尼在舍卫国说法时的居所，后来以此借指佛寺，这里指龙兴寺。

旅夜书怀

名作。颔联以实词见长，通过客观的景物引导人们想象观察者的视角。颈联以虚词见长，以反语写出诗人的愤懑。

细草微风岸，危[1]樯[2]独夜舟。
星垂平野阔，月涌大江流。
名岂文章著，官应老病休。
飘飘何所似，天地一沙鸥。

---

1. 危：高。
2. 樯：帆船上的桅杆。

杜鹃

开头很有意思，模拟乐府歌谣。

西川有杜鹃，东川无杜鹃。
涪万无杜鹃，云安有杜鹃。
我昔游锦城，结庐锦水边。
有竹一顷余，乔木上参天。
杜鹃暮春至，哀哀叫其间。
我见常再拜，重是古帝[1]魂。
生子百鸟巢，百鸟不敢嗔。
仍为喂其子，礼若奉至尊。
鸿雁及羔羊，有礼太古前。
行飞与跪乳，识序[2]如知恩[3]。
圣贤古法则，付与后世传。
君看禽鸟情，犹解事杜鹃。

1. 古帝：指古蜀帝杜宇，相传他最后化为杜鹃。
2. 识序：指大雁飞行时知道自己在行列中的位置。
3. 知恩：指羊羔吃奶时会跪在地上，仿佛知道父母的养育之恩。

今忽暮春间，值我病经年。

身病不能拜，泪下如迸泉。

白帝城最高楼

句法飘逸的拗体七律。

城尖[1]径仄旌旆(pèi)[2]愁，独立缥缈之飞楼。
峡坼(chè)[3]云霾龙虎卧，江清日抱鼋(yuán)[4]鼍(tuó)[5]游。
扶桑西枝对断石，弱水东影随长流。
杖藜叹世者谁子[6]，泣血迸空回白头。

---

1. 城尖：城角。
2. 旌旆：旗帜。
3. 坼：裂开。
4. 鼋：大鳖。
5. 鼍：扬子鳄。
6. 谁子：谁人。

八阵[1]图

开创五绝咏史之先河。

功盖三分国，名成八阵图。
江流石不转，遗恨失吞吴。[2]

1. 八阵：指天、地、风、云、龙、虎、鸟、蛇八种军阵，相传诸葛亮曾经聚石布成八阵图形。
2. “遗恨”句：指诸葛亮遗憾于八阵图失去了在吞并吴国的过程中发挥作用的机会。

负薪行

杜甫在夔州接触到了很多底层山民，记录下了他们的风俗和疾苦。

夔州处女[1]发半华，四十五十无夫家。
更遭丧乱嫁不售[2]，一生抱恨长咨嗟。
土风坐男使女立，[3]应当门户[4]女出入[5]。
十有八九负薪归，卖薪得钱当供给。
至老双鬟只垂颈，野花山叶银钗并。
筋力登危[6]集市门，死生射利兼盐井[7]。
面妆首饰杂啼痕，地褊(biǎn)[8]衣寒困石根[9]。
若道巫山女粗丑，何得此有昭君村。

1. 处女：未出嫁的女子。
2. 嫁不售：嫁不出去。
3. “土风”句：指当地风俗重男轻女。
4. 当门户：当家做主。
5. 女出入：指妇女里外操劳。
6. 登危：攀山越岭。
7. 兼盐井：指负薪之外还要去盐井背盐。
8. 地褊：指山路狭隘。
9. 石根：山脚。

牵牛织女

牵牛织女本是浪漫主义题材，杜甫在这里则着重写七夕的风俗。其探讨七夕传说中的道理，也多有新见。

牵牛出河西，织女处其东。
万古永相望，七夕谁见同。
神光意难候，此事终蒙胧。
飒然精灵合，[1]何必秋遂通。
亭亭新妆立，龙驾具曾空[2]。
世人亦为尔，祈请走儿童[3]。
称家随丰俭，[4]白屋达公宫[5]。
膳夫翊堂殿[6]，鸣玉凄房栊[7]。
曝衣遍天下，曳月扬微风。
蛛丝小人态，曲缀瓜果中。

---

1. “飒然”句：指牵牛织女都是仙人，他们的灵魂随时可以相会。
2. 曾空：高空。
3. 走儿童：指孩子们奔走相告。
4. “称家”句：指根据家境决定供品果馔的厚薄。
5. 公宫：皇宫。
6. 翊堂殿：指陈设馔具。
7. 凄房栊：指室内空无一人，大家都往庭院之中。房栊，窗户。

初筵裛重露，日出甘所终。

嗟汝未嫁女，秉心郁忡忡。

防身动如律[1]，竭力机杼[2]中。

虽无姑舅事，敢昧织作功。

明明君臣契，咫尺或未容。

义无弃礼法，恩始夫妇恭。

小大[3]有佳期，戒之在至公。

方圆苟龃龉（jǔ yǔ）[4]，丈夫多英雄。

1. 动如律：一举一动都有律令规诫。
2. 机杼：织布机。
3. 小大：小指婚配，大指仕进。
4. 龃龉：喻指夫妇间抵触不合。

雨

以五古咏物，有赋的韵味。

峡云行清晓，烟雾相徘徊。
风吹苍江树，雨洒石壁来。
凄凄生余寒，殷殷[1]兼出雷。
白谷变气候，朱炎安在哉。
高鸟湿不下，居人门未开。
楚宫久已灭，幽佩[2]为谁哀。
侍臣[3]书王梦，赋有冠古才。
冥冥翠龙[4]驾，多自巫山台。

---

1. 殷殷：雷声。
2. 幽佩：代指巫山神女。
3. 侍臣：指宋玉。
4. 翠龙：穆天子所乘的马的名字。

返照

老病之躯，困滞夔州而作。颔联写景，每句三个动词，句法老练。

楚王宫北正黄昏，白帝城西过雨痕。
返照入江翻石壁，[1] 归云拥树失山村。
衰年肺病唯高枕，绝塞[2] 愁时早闭门。
不可久留豺虎乱，南方实有未招魂。

---

1. “返照”句：指石壁倒影入江，在夕阳返照之下波光翻动。
2. 绝塞：极远的边塞地区，这里指夔州。

白帝

中间两联是不同类型的当句对，句法精巧。

白帝城中云出门，白帝城下雨翻盆。
高江急峡雷霆斗，翠木苍藤日月昏。
戎马不如归马逸，千家今有百家存。
哀哀寡妇诛求[1]尽，恸哭秋原何处村。

1. 诛求：勒索。

古柏行

以夸张的笔法，写古柏的形象。

孔明庙前有老柏，柯如青铜根如石。
霜皮溜雨[1]四十围，黛色参天二千尺。
君臣已与时际会[2]，树木犹为人爱惜。
云来气接巫峡长，月出寒通雪山白。
忆昨路绕锦亭东，先主武侯同閟宫[3]。
崔嵬枝干郊原古，窈窕[4]丹青户牖空。
落落[5]盘踞虽得地，冥冥孤高多烈风。
扶持自是神明力，正直元因造化功。
大厦如倾要梁栋，万牛回首丘山重。
不露文章[6]世已惊，未辞剪伐[7]谁能送。

---

1. 溜雨：形容树皮湿润光滑。
2. 际会：遇合，聚会。
3. 閟宫：祠庙。
4. 窈窕：幽深的样子。
5. 落落：出众的样子。
6. 不露文章：指古柏朴素无华，在这里也喻指人不显露才华。
7. 未辞剪伐：不避砍伐被作为栋梁，这里有甘愿效命之意。

苦心岂免容蝼蚁，香叶终经宿鸾凤。

志士幽人莫怨嗟，古来材大难为用。

壮游

老病的杜甫，开始回忆早年生活。

往昔十四五，出游翰墨场。
斯文崔魏[1]徒，以我似班扬。
七龄思即壮，开口咏凤皇。
九龄书大字，有作成一囊。
性豪业[2]嗜酒，嫉恶怀刚肠。
脱略[3]小时辈，结交皆老苍。
饮酣视八极，俗物都茫茫。
东下姑苏台，已具浮海航[4]。
到今有遗恨，不得穷扶桑。
王谢[5]风流远，阖庐[6]丘墓荒。
剑池石壁仄，长洲荷芰香。

---

1. 崔魏：崔尚与魏启心，二人在洛阳俱有文名。
2. 业：既，又。
3. 脱略：超脱，不以为意。
4. 浮海航：出海的大船。
5. 王谢：指东晋南朝的高门大姓。
6. 阖庐：即吴王阖闾。

嵯峨阊门[1]北，清庙[2]映回塘。

每趋吴太伯，抚事泪浪浪[3]。

枕戈忆句践，渡浙想秦皇。[4]

蒸鱼闻匕首，除道哂要章。[5]

越女天下白，鉴湖五月凉。

剡溪蕴秀异，欲罢不能忘。

归帆拂天姥，中岁贡旧乡。

气劘（mó）屈贾垒，目短曹刘墙。[6]

忤下考功第，独辞京尹堂。

放荡齐赵间，裘马颇清狂。

春歌丛台上，冬猎青丘旁。

呼鹰皂枥林，逐兽云雪冈。

射飞曾纵鞚，引臂落鹙鸧。

---

1. 阊门：苏州城西门。
2. 清庙：吴太伯庙。吴太伯，周文王的伯父，相传他为了让位给文王的父亲而主动逃奔荆蛮。
3. 浪浪：流淌的样子。
4. “枕戈”二句：用勾践灭吴和秦始皇东巡至会稽的典故。
5. “蒸鱼”二句：用专诸刺吴王僚和会稽人朱买臣富贵回乡的典故。
6. “气劘”二句：自谓文章可以匹敌屈原、贾谊，俯视曹植、刘桢。

苏侯据鞍喜，忽如携葛强[1]。
快意八九年，西归到咸阳。
许与[2]必词伯[3]，赏游实贤王。
曳裾置醴(lǐ)[4]地，奏赋入明光。
天子废食召，群公会轩裳。
脱身无所爱，痛饮信行藏。
黑貂不免敝，斑鬓兀称觞。
杜曲晚耆旧，四郊多白杨。
坐深[5]乡党[6]敬，日觉死生忙。
朱门任倾夺，赤族迭罹殃。[7]
国马竭粟豆，官鸡输稻粱。
举隅见烦费，引古惜兴亡。
河朔风尘起，岷山行幸长。

---

1. 葛强：东晋时山简的爱将。山简曾与葛强共同游猎，这里杜甫用以自况。
2. 许与：称许。
3. 词伯：擅长文词的大家。
4. 置醴：楚元王敬重鲁穆生，因其不嗜酒，在置酒时会专为其设醴。醴，甜酒。
5. 坐深：古代按礼节年长者坐上位，自外向内看上位在室内深处。
6. 乡党：乡里朋友。
7. “赤族”句：指连续遭到灭族这类惨祸。

bì
两宫各警跸[1]，万里遥相望。

崆峒杀气黑，少海[2]旌旗黄。

禹功亦命子，涿鹿亲戎行。

翠华[3]拥吴岳，螭虎啖豺狼。[4]

爪牙一不中，胡兵更陆梁[5]。

zhài
大军载草草，凋瘵[6]满膏肓。

备员窃补衮，[7]忧愤心飞扬。

上感九庙焚，下悯万民疮。

斯时伏青蒲，廷争守御床。

君辱敢爱死，赫怒[8]幸无伤。

圣哲体仁恕，宇县[9]复小康。

哭庙灰烬中，鼻酸朝未央。

---

1. 警跸：帝王出入时，在前清道，阻止行人。
2. 少海：指太子。
3. 翠华：皇帝仪仗。
4. “螭虎”句：喻指唐军击溃安史叛军。
5. 陆梁：猖獗。
6. 瘵：病。
7. “备员”句：自己作为充数的官员要补救皇帝过失，指杜甫任左拾遗，这是自谦的说法。
8. 赫怒：天子大怒。
9. 宇县：指天下。

小臣议论绝，老病客殊方。
郁郁苦不展，羽翮困低昂[1]。
秋风动哀壑，碧蕙捐微芳。
之推[2]避赏从，渔父濯沧浪。
荣华敌勋业，岁暮有严霜。
吾观鸱夷子[3]，才格出寻常。
群凶逆未定，侧伫英俊翔。

---

1. 困低昂：不能奋飞。
2. 之推：介之推，春秋时期晋国人，曾随晋文公流亡在外十九年，晋文公回国继位后未能封赏他，他也不讲，只隐居不出。
3. 鸱夷子：范蠡助勾践灭吴后功成身退，自号鸱夷子皮。

雨晴

山怎么会因为下一场雨就改变呢？但是下过一场雨之后，峡谷真的像换了新的一样。

此诗仍是杂咏怀抱，取首二字为题。

雨晴山不改，晴罢峡如新。

天路看殊俗，秋江思杀人。

有猿挥泪尽，无犬附书[1]频。

故国愁眉外，长歌欲损神。

1. 犬附书：用陆机以养犬黄耳送家书的典故。

月

首联是很好的观察。山居的诗人彻夜无眠，望着天空。

四更山吐月，残夜水明楼[1]。

尘匣[2]元开镜[3]，风帘自上钩。

兔应疑鹤发[4]，蟾亦恋貂裘。

斟酌姮娥寡，天寒耐[5]九秋。

1. 水明楼：指月光照水，水光又映照楼中虚白的景象。
2. 尘匣：喻指山。
3. 镜：与后“钩”“兔”“蟾”都喻指月。
4. 鹤发：白发，与后“貂裘”均指诗人自身。
5. 耐：岂耐，怎耐。

宗武生日

宗武是杜甫最看重的儿子。在杜甫看来，诗是他的家族传统。尽管他的一生很不顺利，他仍然希望儿子能继承这个传统。

小子何时见，高秋此日生。
自从都邑语[1]，已伴老夫名。
诗是吾家事，人传世上情。
熟精《文选》理，休觅彩衣轻。
凋瘵[2]筵初秩[3]，欹斜坐不成。
流霞[4]分片片，涓滴就徐倾。

---

1. 都邑语：指城里或乡里人对宗武的品评褒扬。
2. 凋瘵：指杜甫自己年老多病。
3. 筵初秩：指生日宴饮。
4. 流霞：仙酒，这里喻指美酒。

秋兴八首　其一

标准的七律章法，环环相扣。
词句凝重典雅。

玉露凋伤枫树林，巫山巫峡气萧森。
江间波浪兼天涌，塞上风云接地阴。
丛菊两开他日[1]泪，孤舟一系故园心。
寒衣处处催刀尺[2]，白帝城高急暮砧。

---

1. 他日：往日，指多年来的艰难岁月。
2. 催刀尺：指催促尽快裁制冬衣。

秋兴八首　其三

想起未能实现的理想，想起渐行渐远的故人。咏怀诗的主题之一。《秋兴八首》中意境较为疏旷的一首。

千家山郭静朝晖，日日江楼坐翠微[1]。
信宿[2]渔人还泛泛，清秋燕子故飞飞。
匡衡抗疏[3]功名薄，刘向[4]传经心事违。
同学少年多不贱，五陵衣马自轻肥[5]。

---

1. 翠微：淡青的山色。
2. 信宿：连续两夜。
3. 抗疏：臣子向皇帝上书直言，这里有以匡衡抗疏比喻自己上疏营救房琯而遭贬谪的意思。
4. 刘向：汉代经学家，这里有以刘向自比之意。
5. 轻肥：轻裘肥马。

秋兴八首 其七

家国身世的感慨。《秋兴八首》中较为哀艳的一首。
前六句出于想象，尾联落回现实。

昆明池水汉时功，武帝[1]旌旗在眼中。
织女机丝虚月夜[2]，石鲸鳞甲动秋风。
波漂菰(gū)米[3]沉云黑，露冷莲房坠粉红。
关塞极天唯鸟道，江湖满地[4]一渔翁。

1. 武帝：汉武帝，这里喻指唐玄宗。唐玄宗为攻打南诏曾在昆明池演习水战。
2. 虚月夜：指昆明池的织女石像只空对着月夜而不织布。
3. 菰米：茭白所结之实。
4. 江湖满地：指到处漂泊。

秋兴八首　其八

颔联的句法极为繁复。

昆吾御宿[1]自逶迤，紫阁峰阴入渼陂。
香稻啄余鹦鹉粒，碧梧栖老凤凰枝。[2]
佳人拾翠[3]春相问[4]，仙侣同舟晚更移[5]。
彩笔昔游干气象，[6]白头吟望苦低垂。

1. 昆吾御宿：昆吾与御宿均为汉武帝苑囿中的地名。
2. “香稻”二句：二句均为倒装，意为香稻乃鹦鹉啄余的颗粒，碧梧是凤凰栖老的树枝。
3. 拾翠：拾取翠鸟的羽毛。
4. 相问：相互赠送礼物。
5. 晚更移：指移棹夜游，乐而忘返。
6. “彩笔”句：喻指自己曾因献赋而得赏识之事。

咏怀古迹五首　其一

总叙。只咏怀，不写具体地点。交代自己流落夔州访寻古迹的缘由。
此时的杜甫与流落北周的庾信颇有共鸣，空怀当世最卓越的诗才，来到了一个诗学水平很低、没人懂得欣赏的地方。在这个地方，却写出了最好的作品。

支离[1]东北风尘际，漂泊西南天地间。
三峡楼台淹日月，五溪[2]衣服共云山[3]。
羯胡事主终无赖，词客哀时且未还。
庾信平生最萧瑟，暮年诗赋动江关[4]。

---

1. 支离：流离。
2. 五溪：在湖南和贵州交界处。
3. 共云山：共同居住。
4. 动江关：指惊动海内。江关，原指荆州江陵。

咏怀古迹五首　其二

怀宋玉。开启李商隐的法门。

摇落[1]深知宋玉悲，风流儒雅亦吾师。
怅望千秋一洒泪，萧条异代不同时。
江山故宅[2]空文藻[3]，云雨荒台[4]岂梦思。
最是楚宫俱泯灭，舟人指点到今疑。

1. 摇落：零落，凋残。
2. 故宅：指宋玉在江陵和归州（今湖北秭归）的旧宅。
3. 空文藻：指宋玉已逝，只有他的文章依旧留存。
4. 云雨荒台：指宋玉《高唐赋》所记阳台梦事。

咏怀古迹五首 其三

怀昭君。意境凄美，议论新颖。

群山万壑赴荆门，生长明妃[1]尚有村。
一去[2]紫台[3]连朔漠，独留青冢[4]向黄昏。
画图省识春风面，环佩[5]空归月夜魂。
千载琵琶作胡语，分明怨恨曲中论。

---

1. 明妃：即王昭君。
2. 去：离开。
3. 紫台：指帝王居所。
4. 青冢：即王昭君墓。
5. 环佩：妇女所佩玉饰。

咏怀古迹五首 其五

怀诸葛亮。盼望当世能有这样的人物安定天下。

诸葛大名垂宇宙，宗臣[1]遗像肃清高。
三分割据纡(yū)[2]筹策[3]，万古云霄一羽毛[4]。
伯仲之间见伊吕[5]，指挥若定失萧曹[6]。
福移汉祚(zuò)[7]终难复，志决身歼军务劳。

1. 宗臣：众人尊仰的大臣。
2. 纡：曲折，谓诸葛亮费尽心思曲折规划。
3. 筹策：谋略。
4. 云霄一羽毛：凌空飞翔的独鸟，喻指诸葛亮无与伦比的智慧和品行。
5. 伊吕：伊尹和吕尚，分别是商汤和周武王的贤相。
6. 萧曹：萧何和曹参，汉代的开国功臣。
7. 祚：帝位。

偶题

杜甫文学理论的集中呈现。

文章千古事，得失寸心知。
作者皆殊列，名声岂浪[1]垂。
骚人嗟不见，汉道盛于斯。
前辈飞腾入，余波绮丽为。
后贤兼旧列，历代各清规。
法自儒家有，心从弱岁疲。
永怀江左逸[2]，多病邺中奇[3]。
騄(lù)[4]骥皆良马，骐驎带好儿。
车轮徒已斫(zhuó)，堂构[5]惜仍亏。
漫作《潜夫论》[6]，虚传幼妇碑[7]。

---

1. 浪：轻率。
2. 江左逸：指东晋、南朝陶渊明、谢灵运、鲍照等人的诗歌创作。
3. 邺中奇：指曹氏父子和"建安七子"的诗歌创作。
4. 騄：良马名。
5. 堂构：立堂基，造屋宇。
6. 《潜夫论》：东汉末王符的著作。
7. 幼妇碑：东汉末邯郸淳撰《曹娥碑》，蔡邕在碑阴题"黄绢幼妇外孙齑臼"八字，寓"绝妙好辞"意。

缘情慰漂荡，抱疾屡迁移。

经济惭长策，飞栖假一枝。

尘沙傍蜂虿(chài)[1]，江峡绕蛟螭。

萧瑟唐虞[2]远，联翩楚汉[3]危。

圣朝兼盗贼，异俗更喧卑[4]。

郁郁星辰剑，[5]苍苍云雨池。

两都开幕府，万宇插军麾[6]。

南海残铜柱，[7]东风避月支。[8]

音书恨乌鹊，号怒怪熊罴。[9]

稼穑(sè)[10]分诗兴，柴荆学土宜[11]。

---

1. 虿：蝎子之类的毒虫。
2. 唐虞：尧舜之时，指太平盛世。
3. 楚汉：指战乱之世。
4. 喧卑：喧闹低下，这里指南方异俗较为原始低级。
5. “郁郁”句：喻指自己怀才不遇，无用武之地。星辰剑，光耀星辰的利剑。
6. 军麾：军中指挥用的旗帜。这二句意为天下战乱未息。
7. “南海”句：指当时南方战乱初平。铜柱，东汉马援远征交趾（今越南北部）所立。
8. “东风”句：指吐蕃侵扰西陲。东风，喻指唐朝。月支，古西域国名。
9. “音书”二句：指家乡音信不通，厌闻夔州荒野中野兽的号叫之声。
10. 稼穑：耕种和收获，泛指农活。
11. 土宜：土俗所宜。

故山迷白阁，秋水忆皇陂。[1]

不敢要（yāo）[2]佳句，愁来赋别离。

---

1. “故山”二句：这二句回忆家乡景物。白阁，即白阁峰，在长安南终南山。皇陂，即皇子陂，在长安南韦曲东。
2. 要：期望，求得。

李潮八分小篆歌

开以诗咏书法的先河。

jié
苍颉[1]鸟迹[2]既茫昧[3]，字体变化如浮云。
陈仓石鼓文已讹，大小二篆生八分[4]。
秦有李斯汉蔡邕，中间作者寂不闻。
yì
峄山之碑[5]野火焚，枣木传刻肥失真[6]。
苦县光和尚骨立，[7]书贵瘦硬方通神。
惜哉李蔡不复得，吾甥李潮下笔亲。
尚书韩择木[8]，骑曹蔡有邻[9]。
开元已来数八分，潮也奄有二子成三人。
况潮小篆逼秦相，快剑长戟森相向。

---

1. 苍颉：黄帝使臣，相传为汉字的创造者。
2. 鸟迹：指古文字。
3. 茫昧：幽远不可知。
4. 八分：汉字的一种书体。
5. 峄山之碑：相传为李斯用小篆所书。
6. 肥失真：指翻刻后字体肥胖而失去了本来面目。
7. “苦县”句：指苦县《老子碑》的字尚具骨力。
8. 韩择木：唐代人，善书法，唐肃宗时为礼部尚书。
9. 蔡有邻：唐代人，亦善书法，官至右卫率府兵曹参军。

八分一字直百金，蛟龙盘拿[1]肉屈强[2]。
吴郡张颠[3]夸草书，草书非古空雄壮。
岂如吾甥不流宕[4]，丞相中郎丈人行。[5]
巴东逢李潮，逾月求我歌。
我今衰老才力薄，潮乎潮乎奈汝何。

1. 盘拿：盘曲逶迤。
2. 肉屈强：指笔力遒劲。屈，通“倔”。
3. 张颠：张旭。
4. 流宕：狂放，这里指草书笔势。
5. “丞相”句：指李斯和蔡邕相对于李潮是前辈、长者的辈分。

阁夜

形式讲究的七律。写景摹情富于冲击力。

岁暮阴阳[1]催短景[2]，天涯霜雪霁寒宵。
五更鼓角声悲壮，三峡星河影动摇。
野哭千家闻战伐，夷歌[3]数处起渔樵。
卧龙跃马[4]终黄土，人事音书漫寂寥。

---

1. 阴阳：指日月。
2. 短景：因冬天日短，故名。
3. 夷歌：指巴东少数民族之歌。
4. 跃马：指公孙述，他在东汉建武元年（25 年）据巴蜀称帝。

缚鸡行

杜甫在夔州的诗，开始关注生活中的小情趣。从小事中看出人生的道理。杜甫夔州诗对中晚唐和宋代的贬谪诗有很大启发。

小奴缚鸡向市卖，鸡被缚急相喧争[1]。

家中厌鸡食虫蚁，不知鸡卖还遭烹。

虫鸡于人何厚薄[2]，吾叱奴人解其缚。

鸡虫得失无了时，注目寒江倚山阁。

1. 喧争：指鸡鸣叫挣扎。
2. 何厚薄：指何必厚待虫而薄情于鸡。

醉为马坠，诸公携酒相看

以自嘲的口吻记录一件趣事，其中有衰老的悲哀。

甫也诸侯老宾客，罢酒酣歌拓[1]金戟。

骑马忽忆少年时，散蹄迸落瞿塘石。

白帝城门水云外，低身直下八千尺。

dié

粉堞[2]电转紫游缰，东得平冈出天壁。

duǒ kòng

江村野堂争入眼，垂鞭亸鞚[3]凌紫陌。

向来皓首惊万人，自倚红颜能骑射。

cān diàn

安知决臆[4]追风足，朱汗骖驔[5]犹喷玉[6]。

不虞一蹶终损伤，人生快意多所辱。

职当忧戚伏衾枕，况乃迟暮加烦促。

朋知来问腆我颜[7]，杖藜强起依僮仆。

---

1. 拓：持。
2. 粉堞：白色女墙。
3. 亸鞚：指松弛马勒。
4. 决臆：决意。
5. 骖驔：飞腾迅疾的样子。
6. 喷玉：喷散雪白的唾沫。
7. 腆我颜：使我羞惭。

语尽还成开口笑，提携别扫清溪曲。
酒肉如山又一时，初筵哀丝[1]动豪竹[2]。
共指西日不相贷，[3]喧呼且覆杯中渌[4]。
何必走马来为问，君不见嵇康养生被杀戮。

---

1. 哀丝：哀婉的弦乐。
2. 豪竹：管乐。
3. “共指”句：指时光流逝迅速。
4. 渌：渌酒，即清酒。

愁

拗体七律的代表。

江草日日唤愁生，巫峡泠泠[1]非世情[2]。
盘涡鹭浴底[3]心性，独树花发自分明。
十年戎马暗万国，异域宾客老孤城。
渭水秦山得见否，人经罢(pí)病[4]虎纵横[5]。

1. 泠泠：清冷的样子。
2. 非世情：不近人情。
3. 底：何，什么。
4. 罢病：疲病。罢，同“疲”。
5. 虎纵横：指战乱频仍、军阀酷吏横行。

鹦鹉

咏物寄情之作。美好的东西总是被践踏。

鹦鹉含愁思，聪明忆别离。
翠衿(jīn)[1]浑短尽[2]，红觜(zuǐ)[3]漫多知。
未有开笼日，空残旧宿枝。
世人怜复损，何用羽毛奇。

1. 翠衿：喻指鹦鹉的翠羽。
2. 浑短尽：指鹦鹉羽毛被剪短，几乎尽毁。
3. 觜：同“嘴”。

孤雁

咏物寄情之作。颔联乃佳句。

孤雁不饮啄[1]，飞鸣声念群。

谁怜一片影，相失万重云。

望尽似犹见，哀多如更闻。

野鸦无意绪[2]，鸣噪自纷纷。

---

1. 饮啄：饮水啄食。
2. 意绪：思绪、心绪，指野鸦鸣噪没有孤雁念群的意味。

槐叶冷淘[1]

认真地描写了一种民间食物。

青青高槐叶，采掇[2]付中厨。
新面来近市，汁滓宛相俱。
入鼎资过熟，加餐愁欲无。
碧鲜俱照箸，香饭兼苞芦[3]。
经齿冷于雪，劝人投比珠。
愿随金腰褭(niǎo)[4]，走置锦屠苏[5]。
路远思恐泥，兴深终不渝[6]。
献芹[7]则小小，荐藻明区区[8]。
万里露寒殿，开冰清玉壶。
君王纳凉晚，此味亦时须。

---

1. 槐叶冷淘：夏令食物，用槐叶汁和面制成，熟后以冷水淘洗。
2. 采掇：采集，摘取。
3. 苞芦：指芦笋。
4. 腰褭：同“騕褭”，古代的良马名。
5. 锦屠苏：指皇帝居所。这二句指愿用快马进呈这一食物给天子。
6. 不渝：不改变。
7. 献芹：与后“荐藻”都是谦言自己赠品菲薄。
8. 区区：小，少。

又呈吴郎

搬家时嘱咐房子的新主人：邻居的妇人要来打枣，就让她打吧。她没有孩子了，也没有饭吃，要不是穷，怎么会这样呢？要对她和气一点。

堂前扑枣[1]任西邻，无食无儿一妇人。

不为困穷宁有[2]此，只缘恐惧转须亲[3]。

即防远客[4]虽多事，使插疏篱却甚真。

已诉征求[5]贫到骨，正思戎马泪盈巾。

1. 扑枣：打枣。
2. 宁有：岂有。
3. 亲：指对西邻妇人态度和蔼亲热。
4. 即防远客：指妇人防备吴郎而不来扑枣。远客，指吴郎。
5. 征求：勒索，诛求，指征税。

登高

再次登临，一生的悲愤涌上心头。

风急天高猿啸哀，渚清沙白鸟飞回。
无边落木萧萧下，不尽长江滚滚来。
万里悲秋常作客，百年多病独登台。
艰难苦恨繁霜鬓，潦倒[1]新停浊酒杯。

1. 潦倒：衰颓失意。这句指杜甫因肺病而不得不戒酒。

夜二首 其一

夜间山景。

白夜月休弦[1]，灯花半委眠。[2]
号山无定鹿，落树有惊蝉。
暂忆江东鲙，兼怀雪下船。[3]
蛮歌犯星起，空觉在天边。

1. 休弦：指无心看月。
2. “灯花”句：灯花半落后才就寝。
3. “暂忆”二句：用张翰思江东鲈脍和王子猷雪夜访戴安道的典故。

戏作俳谐体遣闷二首　其一

用诗写民俗现象，有点开玩笑的意思，所以叫“俳谐体”。

异俗吁[1]可怪，斯人难并居[2]。
家家养乌鬼[3]，顿顿食黄鱼。
旧识能为态[4]，新知已暗疏。
治生[5]且耕凿[6]，只有不关渠。[7]

1. 吁：吁叹，表不以为然或疑怪意。
2. 并居：融合相处。
3. 乌鬼：众说纷纭，其中认为是鸬鹚的意见认可度较高，也有认为是当地奉祀的巫鬼。
4. 为态：作态，指表面亲热。
5. 治生：谋生计。
6. 耕凿：耕田凿井。
7. “只有”句：指不关心他们的这些事。

观公孙大娘弟子舞剑器行

小时候在开元盛世，看过公孙大娘舞剑。如今乱世流离，又看到了她的弟子舞剑，不胜感慨。
用诗来写文艺表演，拓宽了诗的题材。

昔有佳人公孙氏，一舞剑器动四方。

观者如山色沮丧，天地为之久低昂[1]。

huò
爧[2]如羿射九日落，矫如群帝骖龙翔[3]。

来如雷霆收震怒，罢如江海凝清光。[4]

绛唇珠袖两寂寞，[5]况有弟子传芬芳[6]。

临颍美人在白帝，妙舞此曲神扬扬。

与余问答既有以[7]，感时抚事增惋伤。

先帝侍女八千人，公孙剑器初第一。

五十年间似反掌，风尘倾动昏王室。

---

1. 低昂：上下震荡。
2. 爧：剑光闪烁。
3. 骖龙翔：驾着龙车飞舞。
4. “罢如”句：指剑舞结束时剑光凝固，如江海澄息。
5. “绛唇”句：指年轻时的公孙大娘及其舞姿今天都看不到了。
6. 传芬芳：传承师艺。
7. 以：因，由来。

梨园弟子散如烟，女乐余姿映寒日。

金粟堆[1]南木已拱[2]，瞿唐石城草萧瑟。

玳筵[3]急管曲复终，乐极哀来月东出。

老夫不知其所往，足茧荒山转愁疾。

1. 金粟堆：即金粟山，唐玄宗陵墓所在地。
2. 木已拱：树木已经长大，指唐玄宗已死多时。
3. 玳筵：盛宴。

前苦寒行二首 其二

“苦寒行”本是乐府旧题，杜甫将现实主义写法转化为浪漫主义写法，将现实经验变形为神话想象。

去年白帝雪在山，今年白帝雪在地。
冻埋蛟龙南浦缩[1]，寒刮肌肤北风利。
楚人四时皆麻衣[2]，楚天万里无晶辉[3]。
三足之乌[4]足恐断，羲和送之将安归。

---

1. 南浦缩：南浦，指鱼腹浦。缩，指冻缩。
2. 麻衣：指夏衣。
3. 晶辉：指日光。
4. 三足之乌：古代神话中居住在太阳里的神鸟。

漫成

杜甫最后的时光，都是在船上过夜的。

江月去人只数尺，风灯照夜欲三更。
沙头宿鹭联拳[1]静，船尾跳鱼拨剌(là)[2]鸣。

1. 联拳：蜷曲。
2. 拨剌：拟声词，鱼在水中跃起的声音。

江汉

晚年漂泊在江上的体验，辽阔而孤寂。
看落日的时候，壮年人的感觉分明还在，无奈秋风一起，病又要复发了。

江汉思归客，乾坤一腐儒。
片云天共远，永夜[1]月同孤。
落日[2]心犹壮，秋风病欲苏[3]。
古来存老马，不必取长途。

---

1. 永夜：长夜。
2. 落日：喻指自己年老穷途。
3. 苏：缓解，这里指病情好转。

xiā

呀[1]鹘行

衰病之时心底浮现的意象。

病鹘孤飞俗眼丑[2]，每夜江边宿衰柳。
清秋落日已侧身，过雁归鸦错回首。
紧脑雄姿迷所向[3]，疏翮稀毛不可状。
强神迷复皂雕前，俊才早在苍鹰上。
风涛飒飒寒山阴，熊罴欲蛰[4]龙蛇深。
念尔此时有一掷，失声溅血非其心。

---

1. 呀：张口。
2. 俗眼丑：指俗眼憎鹘鸟之病丑。
3. 迷所向：不知飞向何方。
4. 蛰：动物冬眠。

岁晏[1]行

歌行的老境，随心所欲，一唱三叹。

岁云暮矣多北风，潇湘洞庭白雪中。
渔父天寒网罟(gǔ)[2]冻，莫徭[3]射雁鸣桑弓。
去年米贵阙军食[4]，今年米贱大伤农。
高马达官厌酒肉，此辈[5]杼轴[6]茅茨空。
楚人重鱼不重鸟，汝休枉杀南飞鸿。
况闻处处鬻(yù)[7]男女，割慈忍爱还租庸[8]。
往日用钱捉私铸，今许铅锡和青铜。
刻泥为之最易得，好恶不合长相蒙。[9]
万国城头吹画角，[10]此曲哀怨何时终。

---

1. 岁晏：即岁暮，年末。
2. 网罟：捕鱼的网具。
3. 莫徭：杂居于长沙一带的少数民族。
4. 军食：军粮。
5. 此辈：指前述农民、渔夫、猎人。
6. 杼轴：代指织布机。
7. 鬻：卖。
8. 租庸：唐代赋税制度，纳粮为“租”，服劳役或缴绫绢代役为“庸”。
9. “好恶”句：指允许私人铸钱后私铸的恶钱与好钱相混淆。蒙，蒙混。
10. “万国”句：指天下战事频仍。

登岳阳楼

杜甫最后的诗作，景物都非常阔大厚重。
老境之作，不像壮年的一些诗精心设计篇章结构。尾联宕得较开，所以会有“尾联是岳飞所续”的传说。

昔闻洞庭水，今上岳阳楼。
吴楚东南坼[1]，乾坤日夜浮。
亲朋无一字[2]，老病有孤舟。
戎马关山北，凭轩涕泗流。

1. 坼：分裂。
2. 无一字：指音信全无。

湘夫人祠

此诗有些鬼气，开启了李贺的路数。或许与身体状况有关，已经开始考虑死亡的事了。

肃肃[1]湘妃庙，空墙碧水春。
虫书[2]玉佩藓，燕舞翠帷尘。
晚泊登汀树，微馨借渚蘋。
苍梧恨不尽，染泪在丛筠(yún)[3]。

---

1. 肃肃：清幽静谧。
2. 虫书：指虫蚀痕迹如字书。
3. 丛筠：丛竹。

江南[1]逢李龟年

最后的日子，见到了少年时见过的当红乐师，物是人非。

岐王[2]宅里寻常[3]见，崔九[4]堂前几度闻。
正是江南好风景，落花时节又逢君。

---

1. 江南：长江以南，此处指潭州，在今湖南，并非指江浙一带。
2. 岐王：李范，唐睿宗子，好学工书，雅爱文章。
3. 寻常：常常。
4. 崔九：崔涤，唐玄宗时大臣。

张一南

北京大学文学博士，
现为北京大学中文系助理教授、研究员，
从事中国古代文学研究及教学。

想了解更多关于诗人的有趣故事

打开微信“扫一扫”添加小助理

邀请你进入【张一南陪你读诗词】微信群

杜甫集

产品经理 | 扈梦秋　技术编辑 | 丁占旭　责任印制 | 刘世乐

产品总监 | 来佳音　书籍设计 | 郑力珲　出 品 人 | 于　桐

图书在版编目（CIP）数据

杜甫集 / （唐）杜甫著 ; 张一南编校. -- 济南 : 山东文艺出版社, 2021.6

ISBN 978-7-5329-6375-1

Ⅰ. ①杜… Ⅱ. ①杜… ②张… Ⅲ. ①杜诗—诗集 Ⅳ. ①I222.742

中国版本图书馆 CIP 数据核字（2021）第 060991 号

杜甫集

DU FU JI

〔唐〕杜甫 著　张一南 编校

主管单位　山东出版传媒股份有限公司
出版发行　山东文艺出版社
社　　址　山东省济南市英雄山路 189 号
邮　　编　25002
网　　址　www.sdwypress.com

读者服务　0531-82098776（总编室）
　　　　　0531-82098775（市场营销部）
电子邮箱　sdwy@sdpress.com.cn

印　　刷　北京盛通印刷股份有限公司
开　　本　787mm×1092mm　1/32
印　　张　10
印　　数　1—7,500
字　　数　140 千字
版　　次　2021 年 6 月第 1 版
印　　次　2021 年 6 月第 1 次印刷
书　　号　ISBN 978-7-5329-6375-1
定　　价　45.00 元